AF286749

Die Geschichte ist frei erfunden. Sollte es wirklich solche Zusammenhänge in der realen Welt geben, so ist dies reiner Zufall.
Auch die Personen und deren Namen wurden von mir nicht bewusst gesucht, sondern entsprangen einfach nur meiner Phantasie.

Herstellung und Verlag:
BoD - Books on Demand, Norderstedt
ISBN 978-3-8370-0310-9

Gesellschaftsspiele

- Liebe, Lust und Mord

Gay-romance-book

Es ist ein ungemütlicher Julimorgen. Die Wolken hängen schwer und regennass am Himmel und stoßen am fernen Horizont auf die dunkel und bedrohlich aussehende Ostsee. Kein Mensch ist weit und breit zu sehen. Die meisten Touristen schlafen bei diesem Wetter wahrscheinlich noch, denn man kann annehmen dass sich die Wolken jederzeit öffnen und sich Wassermassen über das Land ergießen. Nein, heute wird es kein Tag um hier am Strand zu verweilen.

Marianne joggte wie immer gedankenverloren mit ihrem schwarzen Labrador am Strand entlang auf Travemünde zu. Ganz vertieft in einen Song von Rod Steward der aus ihrem MP3 Player ertönte stolperte sie fast über Sam ihren Hund der plötzlich vor ihr seinen Lauf unterbrach. Mit schleudernden Armen kam sie zum Stehen, wollte über ihren Hund ausweichen und blickte plötzlich auf den nackten Körper vor sich.

Auf einen Blick sah sie er war tot. Er musste tot sein, so wie er dalag. Lag einfach da, der schlanke muskulöse Körper auf dem Bauch liegend, die Haare umspült mit der Gischt des Meeres die Beine gespreizt und beide Arme unter dem Bauch vergraben.

Marianne schlug die Hände vors Gesicht und sie wünschte sich im selben Moment einfach in ihrem Bett zuhause um diesen Anblick entgehen zu können.

Aber sie konnte sich nicht einfach weg wünschen. Das gibt´s allenfalls im Film. Sie musste sich der Situation stellen ob sie nun wollte oder nicht.

Sam bekam das Kommando „Platz" und er legte sich gehorsam sofort neben Marianne und blickte zu seinem Frauchen auf.

Von einem Fuß auf den anderen tretend starrt Marianne erneut auf den Männerkörper. Das Gesicht war nicht zu erkennen. Die langen Haare bildeten einen Kreis der sich mit dem an den Stand schlagenden Wellen auf und ab bewegte. Die blonden Haare durchsetzt mit der schmutzigen Gischt der Ostsee verunstalteten den ansonsten makellosen Body. Als sie den leblosen Körper so anstarrt denkt sie darüber nach was sie nun machen soll.

„Ja ich muss die Polizei anrufen" war auch gleich der Gedanke. Das Handy liegt jedoch im Auto. Langsam wird sie ruhiger und die Angst weicht.

Sie überlegt ob sie den Hund zurücklassen und zum Auto laufen oder ob sie den Hund gleich mitnehmen soll.

„Was für blöde Gedanken einem kommen" denkt sie, gebot ihrem Hund Platz zu behalten und läuft mit großen schnellen Schritten zum Auto zurück.

Sie hat Schwierigkeiten das Band mit dem Autoschlüssel vom Hals zu lösen denn in der Hektik verwickelt sich das Kopfhörerkabel mit dem lilafarbenen Halsband mit dem der Schlüssel befestigt ist. Aber mit einer Menge Ruhe, zu der sie sich zwing, gelingt es ihr den Schlüssel zu lösen und sie sperrt ihren Mini auf und greift ins Handschuhfach nach ihrem Handy und wählt den Notruf 110.

Eine monotone Frauenstimme meldet sich und fragt nach ihrem Anliegen.

„Ich will einen Mord melden, nein, ich weiß nicht genau doch keinen Mord, vielleicht doch, aber er ist einfach nur tot und liegt da rum."

„Jetzt mal ganz langsam" meldet sich die nun nicht mehr so monoton klingende Polizistin wieder.

„Was ist nun wo geschehen, was haben sie gesehen?"

„Das kann ich nicht so genau sagen, aber hier liegt ein nackter Mann am Strand und ich vermute, nein ich glaube er ist tot."

„Wo sind sie jetzt genau" fragt die Polizistin weiter.

„Bei meinem Auto" gab Marianne zur Antwort.

Der Beamtin fällt auf dass Marianne total durch den Wind ist und versucht erneut mit sanfter beruhigender Stimme den Standort zu erfahren.

„So und nun sagen sie mir noch wo das Auto steht damit ich einen Kollegen vorbeischicken kann."

„Ich bin beim Joggen und da stelle ich mein Auto immer am Parkplatz am Jachthafen ab. Es ist ein roter Mini-Cooper. Soll ich hier warten oder zurücklaufen, mein Hund ist nämlich noch unten am Meer?"

„Ist der Fundort weit vom Parkplatz entfernt?" will die Frau wissen.

„Na ja, was heißt weit entfernt – ich jogge und da weiß ich nicht so genau wie viele Kilometer ich zurücklege, aber vom Parkplatz bis zum Toten laufe ich bestimmt fünfzehn Minuten."

„Dann ist es besser sie bleiben jetzt wo sie sind, ein Streifenwagen ist bereits unterwegs.

Könnten sie mir bitte zwischenzeitlich ihre Personalien durchgeben damit ich den Anruf abschließen kann?"

Marianne gab brav ihren Namen und Anschrift bekannt und legte dann auf. Jetzt stand sie da, hilflos dem Geschehen gegenüber, bricht sie in Tränen aus. Die Spannung des Körpers weicht einem Zucken und lässt den Körper in sich zusammenbrechen. Es wurde ihr ganz unheimlich.

„Es kann ja sein dass sich der Mörder – wie komme ich eigentlich darauf dass es sich hier um einen Mord handelt, es könnte ja auch ein Unfall sein – hier noch aufhält und mitbekommen hat dass ich die Polizei gerufen habe."

Ängstlich blickt sie sich um, erschrak heftig als es im Gebüsch raschelt. Obwohl niemand heraustrat öffnete sie erneut die Wagentüre und ließ sich auf den schwarzen Ledersitz fallen, zog die Tür heftiger als gewollt zu und versperrte sie mit dem Druck auf den Türknopf.

Sie beschloss den Rest der Wartezeit im Auto zu verbringen. Erst jetzt gaben die Nerven vollständig auf. Sie schlug die Hände vors Gesicht und begann zu weinen. Sie wusste nicht warum, aber es war alles zu viel. Warum hatte sie ihn gefunden, warum musste sie auch heute laufen gehen.

„Warum, warum bin ich heute bei diesem beschissenen Wetter zum Joggen raus" wiederholen sich die Gedanken.

„Ich wollte nicht, wäre ich doch nur im Bett geblieben. Jetzt ist es zu spät. Was kommt da noch alles auf mich zu. Ich weiß doch nichts, ich hab nichts gesehen und hab ihn doch nur gefunden".

Eigentlich wollte sie sich ja mit ihrem Freund zum Frühstück treffen.

„Ja, den muss ich jetzt anrufen, es fällt ja alles aus, und er soll auch kommen und mich holen, ich will nicht fahren und nicht alleine sein".

Noch während sie telefonierte sah sie bereits vor sich auf der Bundesstraße einen Polizeiwagen mit eingeschaltetem Blaulicht heran eilen.

Der Wagen bog in Richtung Jachthafen ab und rollte auf den Parkplatz zu und hielt unmittelbar vor Mariannes Auto.

Zwei uniformierte Polizisten öffneten beinahe zeitgleich ihre Autotüren und stiegen aus und eilten auf den Wagen zu. Im selben Augenblick fuhr auch ein grauer BMW ziemlich barsch auf den

Platzplatz. Auch er hielt neben Mariannes Mini und ein kräftig gebauter Manr Anfang bis Mitte Vierzig stieg aus und kam direkt auf ihren Wagen zu.

Marianne öffnete die Tür des Fahrzeugs und stieg etwas zittrig und hilflos aus um die Polizisten zu begrüßen.

„Hallo, ich bin Kommissar Müller und das ist mein Kollegen Kommissar Sauerbier und Herr Plaschke" meldet sich der Herr im sportlichen Outfit. "Sie haben also eine männliche Leiche gefunden und können uns bestimmt zum Fundort führen. Haben sie sonst irgendetwas Auffälliges bemerkt oder jemanden gesehen? Ich hoffe sie können uns etwas weiterhelfen."

„Na ja" meint Marianne, „ich hab ihn doch nur gefunden, weiter nichts, er liegt einfach ca, splitternackt."

„Gehen wir unc zeigen sie uns bitte den Fundort" sagt Müller und folgt Marianne langsam den Weg zwischen dem Wald hinab zur Ostsee.

Ihre Stimme begann wieder zu schwanken und sie musste sich einfach am Kommissar festhalten. Langsam kehrte sie nun in Begleitung zum Strand der Ostsee zurück. Zwischenzeitlich begannen sich auch die schweren Wolken ihrer Last zu entledigen und es begann leicht zu regnen.

Als sie in Sichtweite des Strandes kamen sprang Sam auf, und lief seinem Frauchen entgegen. Er leckte ihr den Handrücken was ihr besonders gut tat. Sie beruhigte sich zusehends, strich ihrem Hund über den Kopf und stellt diesen den Polizisten vor.

Den Rest des Weges über den Strand hin zum Ufer legten sie mit raschen Schritten zurück.

"Da liegt er". Marianne deutete auf den nun etwas weiter im Wasser liegenden Körper.

Als sie wieder vor ihm stand, würgte sie ein Kloß im Hals.

„Mir ist ganz schlecht, kann ich gehen oder brauchen sie mich noch?"

„Einige Fragen hätte ich da schon noch an sie" meldet sich Kommissar Müller nachdem er Sauerbier gebeten hatte zu veranlassen dass dieser die Spurensicherung und Arzt verständigen sollte.

„Aber wenn sie sich derzeit nicht in der Lage fühlen unsere Fragen weiter zu beantworten habe ich dafür vollstes Verständnis, aber ich würde sie bitten morgen Vormittag bei uns auf dem Kommissariat vorzusprechen, nur ihre Personalien geben sie bitte meinem Kollegen an, dann sind sie für heute entlassen."

Sauerbier zog seinen Block aus der Uniformjacke, schlug ihn auf, fischte nach einem Kugelschreiber und notierte sich die Anschrift von Marianne.

"Können sie alleine fahren oder ist es besser wenn wir sie nach Hause fahren. Den Wagen können sie ja später noch abholen."

Marianne streichelte über den Kopf des Labradors bedanke sich der freundlichen Hilfe, „aber mein Freund kommt, den habe ich vorhin angerufen, er holt mich ab."

Langsam bog der Wagen von der Autobahn kommend in den Parkplatz ein. Der Fahrer steuerte sein Auto in eine Parkbucht unter einer Laterne. Er stellte den Motor ab, lehnte sich kurz zurück, fasste sich mit beiden Händen ins Gesicht, schüttelte den Kopf, griff mit der linken Hand zur Tür, öffnete diese und stieg elegant aus dem Wagen.

Er war alleine.

Weit und breit kein anderes Fahrzeug zu sehen. Es herrschte unheimliche Stille, nur das
Rauschen der vorbei eilenden Autos war wage zu vernehmen.
Es war eine kühle, aber immer noch angenehme Sommernacht.
Einige Mücken und Falter umkreisten die Laterne unter der Lutz stand und sich eben eine Zigarette aus der Schachtel zog und in den Mund steckte. Er zündete sie jedoch nicht an, er war eben dabei sich das Rauchen abzugewöhnen. Er hatte es Tanja – seiner Frau – versprochen es wenigstens zu probieren.

Lutz von Wallersee zu Rabenstein ist der letzte Spross einer alten ehrwürdigen Adelsfamilie
und ihm fällt es zu für einen Erben zu sorgen damit der Besitz weiterhin in seiner Familie bleibt
und nicht an die lauernde Verwandtschaft fällt.

Lutz war schon am frühen Morgen aufgestanden, ohne Frühstück unternahm er einen Ritt durch den Park hinaus zu den Koppeln und versuchte den Kopf frei zu bekommen – frei von dem Zwiespalt indem er sich seit einiger Zeit befand. Es wollte aber nicht gelingen.

Nach dem Ausritt traf er sich kurz mit Tanja, versuchte ihr nochmals klarzumachen dass er heute wirklich keine Zeit zur Lösung ihrer Probleme – Tanja bereitet eine Ausstellung heimischer Maler vor – habe, da er dringende Geschäfte in Salzburg erledigen musste.

„Nie hast du für mich Zeit, immer bin ich nur auf mich gestellt, du siehst gar nicht wie viel Arbeit in der Vorbereitung steckt" beklagte sie sich. Er nahm sie in seinen Arm, drückte sie an sich, strich ihr über das duftende platinblonde Haar, zog dann ihr Gesicht zu sich heran und küsste sie sanft auf die Stirn.

„Ich verstehe dich ja, aber du weißt dass ich es nicht aufschieben kann ist dass ich nach Salzburg fahre um die Versteigerung der Fohlen zu organisieren. Im Gegensatz zu deiner Arbeit leben wir von meiner."

Noch während er seiner Frau einen Kuss gab gingen ihm die Gedanken durch den Kopf dass er eigentlich gar nichts für sie empfindet. Der Kuss ist belanglos, der an ihn gedrückte Körper erregt ihn nicht, den Duft der Haut den Tanja verströmt, empfindet er nur als angenehm. Gefühle, nein, Gefühle hat er keine für sie, hatte er noch nie. Nur die Familienpflicht hatte ihn zu dieser Heirat getrieben. Ein großer Fehler, das wusste er von Anfang an. Aber wie sagt man so schön dachte er damals, „Adel verpflichtet".

„Ja mein Liebster, ich verstehe es und lasse dich auch fahren." Sie löste sich aus seiner Umarmung, gab ihm nochmals einen Kuss und fragte noch wann er wieder zurück sein werde.

„Heute nicht mehr, wahrscheinlich morgen Abend, spätestens aber Übermorgen."

„Fahr langsam und ruf mich abends bitte an". Sie lächelte, drehte sich um und verschwand im Garten.

Lutz stieg die breiten Steinstufen zum Eingang des Schlosses hinauf, sah nochmals zurück um dann eilig die breite Wendeltreppe zum Obergeschoss hinauf zu laufen und im Badezimmer zu verschwinden.

Er streifte das verschwitzte rote T-Shirt über den Kopf, schüttelte sein Haare auf, öffnete den Verschluss der Reithose und zwängte sich aus dieser Enge heraus. Er warf sie unachtsam in die Ecke – das Personal sollte auch seine Arbeit haben - stellte sich vor den großen Spiegel, betrachtete seinen nackten Body, stellte zufrieden fest, dass man ihm die Fünfzig noch nicht ansah. Noch war nur ein kleiner Bauchansatz zu sehen, ansonsten wurde die von der Sonne gebräunte Haut durch unzählige Muskeln gestrafft. Der leichte Pelz auf seiner Brust rundete das Bild ab. Lange Beine, ausgeprägte Waden und straffe Schenkel zeugten von der sportlichen Betätigung und zwischen den Beinen zeigte sich ein nicht zu übersehender Schwanz mit großen Eiern, die rasiert und geil aussahen.

Er betrachte sich noch immer im Spiegel, lächelte seinem markanten Spiegelbild entgegen und beschloss sich nicht zu rasieren, sondern seinen Dreitagebart zu pflegen und trat unter die Dusche.

Das Wasser lief über seinen Körper. Lutz genoss voll die wohlige Wärme die seinen Körper durchflutete, schloss die Augen und ließ seine Gedanken abschweifen. Weit ganz weit weg.

Er griff dann doch nach dem Duschgel und langsam begann er seinen Körper damit einzureiben.

Als seine Hand zwischen seine Beine glitt, spürte er das Zucken in den Lenden, er bemerkte sofort dass sich seine Brustwarzen härteten und sein Penis im Begriff war sich ebenfalls zu festigen. Er hielt mit dem Einseifen inne, ließ seine Gedanken erneut an den vorherigen Ort gleiten
ließ die Hand noch kurz an seinem Schaft verweilen, und dachte an die Stunden in denen eine andere Hand diese Wohlgefühle verbreitete und ihm mehr als nur Geilheit verschaffte. Es war

etwas ganz anderes, etwas noch nie dagewesenes, etwas Einmaliges.

Jetzt steht er hier mit der Zigarette im Mund auf der Fahrt von Timmendorf nach Salzburg Mutterseelen alleine auf dem Autobahnparkplatz und lässt seinen Tag Revue passieren. Er ist so vertieft in seine Gedanken dass er es gar nicht wahrnimmt als er sich unbewusst die Zigarette anzündet und gierig den Rauch inhaliert. Jetzt nachdem er es merkt, genießt er das eigentlich Verbotene. Er liebt seit einiger Zeit mehr oder weniger immer das Verbotene. Ein schöner, ein warmer Gedanke ans Verbotene entwickelt sich langsam in seinem Gehirn und lässt ihn wie in einen Zauber versinken.

Plötzlich reißen ihn zwei Lichtkegel eines herannahenden Autos, das den Parkplatz nach einem geeigneten Halteplatz absucht aus seinen Gedanken.

Nicht weit neben seinem Jaguar kommt der andere Wagen zum Stillstand. Die Scheinwerfer erlöschen und wieder herrscht diese Ruhe. Die Türen des angekommenen mehr vom Rost zusammengehaltenen Autos bleiben geschlossen. Lutz kann nur eine Person erkennen, die den Kopf in den Nacken gelegt hat und sich mit den Händen das Gesicht bedeckt.

Lutz schnippt seine Zigarette weg, schaut zum Himmel auf, nimmt die Sterne jedoch nicht eigentlich wahr, verschwendete noch schnell einen Gedanken an die Auktion der Pferde und beschließt weiter zufahren.

Vorher will er noch schnell den Toilettenraum aufzusuchen um sich zu erleichtern. Er geht mit raschen Schritten zum Pissoir. Drückt die Tür auf und verschwindet kurz darauf in dem grell erleuchteten nach Urin stinkenden Raum.

Gerade als er dort vor dem Becken steht hört er Schritte von draußen auf die Tür zukommen. Diese öffnet sich und ein junger Mann, Anfang dreißig - mehr kann er aus den Augenwinkel heraus nicht feststellen - stellt sich breitbeinig neben ihn, öffnet den Hosenschlitz und den obersten Knopf seiner zu eng sitzenden Jeans, zieht den Bund auseinander, drückt den Slip nach unten, greift nach seinem Schwanz und beginnt in einer sehr entspannten Art zu urinieren.

Lutz steht ganz still, er kann nicht pissen wenn jemand neben ihm steht - konnte es noch nie -, also wartet er darauf dass der junge Mann in der hellen ausgewaschenen Jeans endlich fertig wird um ihn dann wieder alleine zu lassen.

Doch der Kerl denkt gar nicht daran sein Gemächt wieder einzupacken. Er steht mit etwas zurückgebogenen Oberkörper vor dem Becken und dreht langsam den Kopf zu Lutz. Mit einem Lächeln im Gesicht stiert er auf dessen Penis.

„Geht wohl nicht wenn dir jemand zusieht oder?" fragt er. Lutz ist total verdattert dass er von diesem Schnösel angesprochen wird, schüttelt den Kopf, packt unverrichteter Dinge seinen Schwanz wieder ein, zieht den Zip hoch und dreht sich um.

Dabei fällt sein Blick auf die untere Hälfte des jungen Mannes. Er sieht dessen erigiertes Glied

dessen Vorhaut die dieser ganz sanft hin und her bewegt.

Einen Moment zu lange verharrt Lutz in seiner Bewegung. Der Fremde dreht sich zu Lutz und fragt:

„Hast du Lust auf eine schnelle Nummer oder soll ich dir einen blasen?"

Lutz blickt dem Jüngling ins Gesicht. Er sieht eine wohlgeformte Nase, einen sinnlichen Mund mit leicht geöffneten Lippen, strahlend weißen Zähner, Lachfältchen um die dunklen Augen die von ebenmäßigen dunkelblonden Augenbrauen gekrönt werden. Er sieht die langen dunklen Wimpern als der Junge seine Augen langsam schließt und wieder öffnet. Der dunkle Teint erinnert an Solarium und am linken Ohr blitzt ein kleiner Ohrstecker mit einem funkelnden Stein.

Lutz gibt keine Antwort, verlässt fast fluchtartig die WC-Anlage und eilt zu seinem Auto.

Nervös sucht er nach den Autoschlüsseln, findet sie endlich will die Türe öffnen, aber die sanfte einfühlsame Stimme des jungen Mannes hinter ihm tut ihre Wirkung. Langsam, ganz langsam dreht er sich um, hält den Schlüssel in der einen Hand, steckt die andere in seinen Hosensack und blickt erneut in tiefe dunkle Augen.

„Verzeih mir, ich wollte dich nicht erschrecken, es tut mir leid, aber ich dachte, du alleine auf dem Parkplatz, eine Zigarette im Mund, wartend, dann der Gang zur Toilette, alles so wie es einer macht der Kontakt sucht.

Du weißt wohl nicht dass du hier auf einem Schwulenparkplatz stehst oder?" fragt ihn die einschmeichelnde Stimme.

"Wie gesagt, tut mir wirklich und aufrichtig leid dich angemacht zu haben, ich hoffe du kannst mir verzeihen."

„Schon gut" gibt Lutz zurück, „ich weiß im Moment auch nicht wie mir geschieht, mich hat so direkt noch nie jemand angemacht wie du".

„Was heißt hier so direkt angemacht, anders angemacht hat man dich also schon."

„Nein, nicht oder" Lutz kommt nun ganz schön ins Schlingern.

„Macht doch nichts, egal wie auch immer, hier trifft man sich für eine kurze Zeit, hat Spaß oder auch nicht, dann fährt man weg, und der andere ist vergessen".

Lutz kommen dabei wieder die Gedanken die ihn schon so lange Zeit verfolgen in den Sinn dass es ja immer eine Anmache ist, egal wie der Ort aussieht. Egal ob der Strand der Ostsee, die Jagdhütte in den Bergen oder der Parkplatz an der Autobahn, es ist eigentlich immer nur ein Treffen für eine kurze Zeit, Spaß zu haben das stimmt, aber danach, du hast vielleicht noch Gefühle, aber der andere ist schon weg, und du bist wieder alleine und dieses Gefühl ist nicht gut, wird immer schlimmer je älter du wirst.

Alleine sein, nicht alleine im Sinne von alleine, du hast jemanden neben dir, aber nicht den, denjenigen den du wirklich willst und lieben kannst. Und den zu finden ist schwer. Für diesen Jungen hier könnte man sich fallen lassen. Er sieht gut aus, groß von Wuchs, schlank und ungewöhnlich nett und höflich, aber er ist anschließend auch wieder weg.

Lutz versucht diese Gedanken zu verscheuchen. Fallen lassen, warum nicht. Eine schnelle Nummer, keiner weiß etwas davon, geil, warum nicht, was weiß ich was andere machen, die ergreifen vielleicht auch jede Gelegenheit.

„Hast du nun Lust oder nicht, ich fühle doch dass es dir bestimmt Spaß machen würde wenn ich es dir besorge" drängt der junge Mann wieder auf Lutz ein und holt in gänzlich aus seiner Gedankenwelt zurück.

„Lust? komm schon, geh mit hinten ins Gebüsch, da kann man uns nicht sehen, wir haben Licht und können uns vergnügen. Ich will mich nicht selbst loben, aber ich glaub schon dass ich gut bin, weiß auch worauf es ankommt, wie ich dich anpacken soll damit es dir gut kommt, nicht zu schnell und nicht zu lange hinauszögernd einfach nur total geil. Immer noch keinen Bock auf Abspritzen, selber Blasen oder geil geblasen werden, aber auch nicht mehr Mehr würde hier nicht gut sein."

Lutz ist total verlegen.

„Nein ich bin in festen Händen und einen One-Night-Stand würde ich mir nicht verzeihen".

„Also doch schon mal was mit einem Mann gehabt oder trägst du den Ring für eine Frau?"

"Ja, den Ring trage ich für eine Frau, aber den One-Night-Stand würde ich mir wegen meines Freundes nicht verzeihen. Ihn liebe ich" sagt Lutz etwas betonter als er es eigentlich will.

"Genial" konterte sein Gegenüber.

"Selten habe ich diese Konstellation erlebt. Die meisten lieben ihre Frauen und lasse es sich von einem Mann besorgen. Aber deine Einstellung zur Liebe ehrt dich. Ich will auch nicht weiter um dich werben. Hatte wirklich nur gedacht es könnte uns Beiden Spaß bringen, aber die Nacht ist ja noch lang und bestimmt kommt noch Einer vorbei der es dringend braucht, aber ich glaube kein so netter mehr wie du.

Verrätst du mir deinen Namen? Aber nur wenn du es wirklich willst. Ich heiß übrigens Mike."

"Und ich heiß ganz einfach Peter. Es ist schön mit dir zu plaudern, unter anderen Umständen hätte es bestimmt mit uns geklappt, aber es gibt keine Chance für uns beide" sagt Lutz mit gesenkten Augen um Mike dabei nicht ansehen zu müssen.

Der Blick seiner Augen ist durchdringend denkt er dabei.

„Ja, aber jetzt muss ich weiter hab noch eine ganze Strecke zu fahren und werde auch langsam richtig müde."

„Schade, du bist echt mein Typ, hätten bestimmt viel Spaß gehabt, aber wenn du nicht willst oder kannst, dann kann ich auch nichts machen. Aber eine Zigarette könntest du mir noch geben, hab selber keine mehr dabei."

Lutz greift in seine Hemdtasche, holt die Schachtel mit den Zigaretten heraus und hält sie dem Jungen hin. Dieser zieht eine Zigarette langsam aus der Schachtel, fixiert dabei Lutz und fragt ihn ob er diese nun alleine rauchen muss oder ob er ihm noch hierzu Gesellschaft leisten will.

„O.k., ich rauche noch eine mit, dann muss ich aber los."

„Gib mir bitte Feuer" flüsterte Mike und schürzte die Hände als wolle er die Flamme schützen.

Lutz tritt nahe an ihn heran, bedient das Feuerzeug und hält es in die Hände von Mike. Dabei blickt er in sein Gesicht, das nun vor der Flamme erhellt wird. Die Gesichtszüge sind ebenmäßig, weich und sehr anziehend. Lutz kann sich gut vorstellen dieses Gesicht in seinen Händen zu halten, es langsam an sich zu ziehen und den Mund mit den vollen Lippen zu küssen, zu küssen und die Zunge bis zum Vergessen im Mund des anderen spielen zu lassen.

"Du kannst das Feuer löschen sonst kann man ja meinen du bist zur Salzsäule erstarrt" frozelt Mike.

"Sorry, ich war total in Gedanken". Lutz greift ebenfalls nach einer Zigarette, führt sie mit etwas zittrigen Fingern zum Mund und zündete sie umständlich an.

"Bist ganz schön durch den Wind" stellte Mike fest.

"Was hat dich jetzt so verwirrt? Ich etwa?"

"Ja, du" kommt die Antwort ohne zu überlegen. "Ja genau du. Ich weiß nicht warum, aber etwas an dir ist ganz anders, so ruhig, so einfühlsam, so wie es nicht sein sollte ohne dass es mich anmacht. Verdammt ich bin auch nur ein Mensch."

Jetzt erst, als er das Gefühl an sich heranlässt bemerkt er wie schön Mike wirklich ist, tiefblaue Augen, blondes Haar, kurz geschnitten – wie es Lutz liebt – breite Schultern der sinnliche volle Mund, der kleine Oberlippenbart und das Grübchen im Kinn rundet das Bild vollkommen ab. Eigentlich viel zu schön für einen Mann denkt Lutz.

„Wie heißt du wirklich" fragte Lutz.

„Michael, die meisten nennen mich jedoch Mike".

„Lass das nicht zu, Michael ist ein so schöner Name und er passt so gut zu dir".

„Ehrlich? hat mir noch niemand gesagt."

Lutz bekommt ein schlechtes Gewissen. Warum habe ich gelogen denkt er noch warum nenn ich einen falschen Namen, aber nun ist es schon zu spät. Außerdem würden sich gleich ihre Wege trennen, und dann sind Namen nur Schall und Rauch.

„Wo fährst du noch hin, oder ist das ein Geheimnis" fragt Michael.

„Nein kein Geheimnis ich muss geschäftlich nach Salzburg".

„Schöne Stadt, war ich vergangenes Jahr zu den Festspielen" sagt Michael, „aber ganz schön teuer, denn als Referendar kann ich mir eigentlich noch keine so großen Sprünge erlauben."

„Wo bist du angesetzt?"

„Am Landgericht in München".

„Dann wirst du mal Richter oder Staatsanwalt?"

„Ja, ich habe vor als Staatsanwalt meine Brötchen zu verdienen."

„Sehr gescheit, gesichertes Einkommen" meint Lutz.

„Aber wie verhält es sich als angehender Staatsanwalt mit dem Treffen auf Parkplätzen um schnelle Nummern abzuwickeln?".

„Das bekommt man schon unter einen Hut, München ist groß und die Autobahnparkplätze weit vom Schuss ab, und eigentlich treib ich es immer nur mit Durchreisenden, niemals mit Münchener Autonummern."

Lutz musste lachen.

"Schlaues Bürschchen."

„Aber jetzt haben wir die Zigarette zu Ende geraucht und du willst ja jetzt weg, also dann tschau, war schön mit dir zu plaudern" sagt Michael und dreht sich zum Weggehen um.

„Michael bleib bitte noch einen Moment stehen, du hast Recht, es wäre schön dich in meinem Arm zu halten, deine sinnlichen Lippen zu küssen und dich langsam auszuziehen damit ich dich richtig verwöhnen könnte."

„Also doch, find ich sehr gut, lass uns im Busch verschwinden."

„Nein, so habe ich mir das nicht vorgestellt, dazu bist du mir zu schade, ich dachte eher an ein Hotelzimmer oder so, aber auch nicht heute, sondern erst übermorgen, wenn ich wieder zurückfahre, gib mir deine Telefonnummer und ich ruf dich an, dann haben wir Zeit, denn diese schnellen Nummern mag ich nicht".

"Welche Wandlung!"

Kommissar Müller beugt sich neben Sauerbier über die Leiche.
„Wird wahrscheinlich wieder einer mit einem goldenen Schuss sein, ist dieses Monat bereits der zweite" unterbricht Müller die Stille.
„Ja wäre irgendwie angenehm, dann sind wir raus und der Schreibkram hat gleich ein Ende."
Sauerbier deutet mit der Hand zurück in Richtung Strand und sagt: „Das sieht nicht gut aus, der Staatsanwalt ist auch schon da und der Neue von der Gerichtsmedizin auch, wie ist sein Name? den kann ich mir überhaupt nicht merken."
Von wem, vom Staatsanwalt oder vom Schwesterchen?"
„Du sollst nicht immer so über ihn herziehen, natürlich nicht vom Mediziner sondern von dem Schönling Staatsanwalt. Soll ja ziemliche Beziehungen nach Hamburg ins Präsidium haben."
„van Schölling, Oliver heißt er. Er legt Wert auf sein van."
„Oh Gott."
Schon sind sie bei der Leiche angekommen. Ein kurzer Gruß und dann schon die Frage „weiß man schon an was er gestorben ist fragt der Staatsanwalt?"
"Nein wir sind auch eben erst angekommen und wollen noch auf die Gerichtsmedizin und die Spurensicherung warten ehe wir ihn umdrehen" entgegnet der Kommissar.
Der Gerichtsmediziner verdreht die Augen, wischt sich die festgeklebten Haare aus der Stirn und zieht sich langsam zurück um der soeben eingetroffenen Spurenkommission die Leiche zu überlassen.
Nachdem die Leiche mehrfach so fotografiert worden war wie sie aufgefunden wurde, greifen zwei Polizisten an die Seite des Toten um ihn auf den Rücken zu drehen.

Kaum geschehen prallen die beiden Polizisten zurück, drehen sich weg und einer der beiden übergibt sich laut in die Ostsee.

Der Kommissar dreht sich der Leiche zu und muss ebenfalls zuerst den Blick abwenden.

„Vorsicht Andreas" sagt er an den Sauerbier gewandt, „ich hab schon viel gesehen, aber als Mann trifft einen dieser Anblick besonders."

Der jetzt auf den Rücken gedrehte Leichnam ist kein schmeichelhafter Anblick.

„Mir wird schlecht" sagt Müller und dreht sich erneut weg.

Kein goldener Schuss?" fragt Sauerbier.

„Nein, sieht im Moment nicht danach aus" meldete sich der Staatsanwalt zu Wort. "Sie haben es doch gehört meine Herren."

"Auch kein Selbstmord wahrscheinlich ein ganz normaler Mord, sofern man hier von normal sprechen kann.

„ Sie sind am Zug, sie ermitteln und geben mir dann umgehend Bescheid, ich fahre zurück, mir reicht was ich gesehen habe. Viel Spaß weiterhin."

Er dreht sich um, zieht seinen Kragen der Jacke fester um den Hals und stapft davon.

„Arrogant ist der gar nicht meint Müller."

„Wer macht so etwas, derjenige muss doch pervers sein. Wie kommt man auf solche Gedanken?"

Sauerbier ging langsam in die Hocke, betrachtete aufmerksam und kopfschüttelnd die Wunde.

„Wahrscheinlich mit einem Rasiermesser einfach abgetrennt" hört er den Doc sagen, „mit einem glatten Schnitt, daran ist er vermutlich verblutet."

„Hat er noch gelebt als das passierte?"

„Weiß ich nicht, kann ich dir erst morgen sagen, aber wahrscheinlich schon, sieh dir mal das schmerzverzerrte Gesicht an."

„Und wo ist sein Schwanz und die Eier?" wollte Hans Müller wissen.

„Sieh ihn dir genau an, die hat man ihm in den Mund gesteckt."

„Pervers, oder?"

„Na ja, vielleicht ein Ritualmord?" meinte der Doktor.

„Eher nicht sagte Kommissar Müller, sieht eher nach einem Lustmord aus."

"Kannst du doch noch gar nicht sagen, er wird ja nicht seinen eigenen Saft geschluckt haben.

Ob Sperma im Magen ist kann ich dir erst morgen sagen wenn er in der Gerichtsmedizin Auf meinem Tisch liegt. Tritt mal zur Seite damit die ihn einpacken können."

"Sieh mal" sagt Sauerbier zum Doc, "warum sind die Lippen so zusammengepresst?"

"Lass mal sehen" meinte der Doc und beugte sich nochmals über den toten Mann.

"Ist ja nicht zu fassen. Den hat man die Lippen zusammengeklebt damit der Schwanz nicht herausfällt. Grass oder?"

"Du bist pervers" meint Sauerbier an den Doc gewandt und tritt von der Leiche zurück.

Zwei Leichenträger fassen nun den Jüngling unter und legten in behutsam in den mitgebrachten Metallsarg.

Schließen den Deckel und tragen ihn fort.

„Bis wann bekomme ich deinen Bericht" fragte Müller den Doc.

„Ich glaube so gegen neun Uhr morgen früh".

„O.K., dann lasst uns mal gehen bevor uns der Regen ganz aufweicht, den Rest hier macht eh die Spusi."

Langsam, in sich versunken laufen sie zu ihren Fahrzeugen zurück. Keiner sagt ein Wort. Müller steuerte das Einsatzfahrzeug zurück auf die Bundesstraße in Richtung Lübeck.

Erst im Kommissariat sagt Sauerbier „das wird ein richtiges Puzzle bis wir den Fall gelöst haben."

Müller meint nur „und die Presse wird sich darauf stürzen wie die Geier."

„Hat eigentlich jemand nach den Klamotten des Opfers gesucht?" will Sauerbier wissen.

„Die müssen doch noch irgendwo da draußen liegen, ich kann mir nicht vorstellen dass der schon nackt zum Strand kam um dort auf seinen Mörder zu warten."

„Warten wir mal auf den Bericht der Spurensicherung, die wird uns schon das nötigste liefern."

Jetzt konnten sie nichts mehr ausrichten, und verließen beide das Büro.

Unweit der Fundstelle der Leiche fand die Spurensicherung tatsächlich die Kleidung des Opfers. Etwa fünfhundert Meter von der Leiche entfernt fanden die Beamten die Schuhe, Socken, Jeans und einen weißen Rollkragenpullover, keinen Slip. Es war anzunehmen dass diese Utensilien dem Ermordeten gehört haben. Jedoch wurde keine Geldbörse oder Handy gefunden. Es wurde weitergesucht, irgendwie musste er ja zu Lebzeiten zum Strand gekommen sein. Unweit vom Fundort der Kleidung fand man ein Fahrrad. Erste Untersuchen haben aber ergeben dass es schon sehr lange hier stehen musste und nicht dem Opfer zuzuordnen ist. Doch oberhalb des Strandabbruchs, direkt am Waldrand fanden sie einen knallroten Porsche. Dieser war unverschlossen, die Schlüssel stecken im Zündschloss, aber ansonsten war auf den ersten Blick nichts zu finden. Kein Handy oder Papiere wie erhofft, gar nichts.

Er ließ sich dem Opfer noch nicht zuordnen, aber es war davon auszugehen dass er dem Ermordeten gehört hatte. Daher wurde veranlasst dass er ebenfalls ins Präsidium kam.

Ansonsten wurde nichts gefunden was auf den oder die Mörder hindeuten könnte.

Als Kommissar Müller am anderen Morgen den Bericht der Gerichtsmedizin vorfindet liegen auch schon die Ergebnisse der Spurensicherung dabei.

Er studiert aufmerksam den Untersuchungsbericht, erfährt dabei dass der junge Mann tatsächlich an der Entfernung seiner Genitalien verblutet ist, und bis dahin voll bei Bewusstsein war.

Vor dem brutalen Mord hatte er Analverkehr, bei dem der Beteiligte jedoch nicht gewaltsam eingedrungen ist, also handelt es sich um gewollter Verkehr.

An beiden Händen und Füßen waren Schürfwunden zu finden, die von Handschellen herrührten. Ob gewollt oder nicht gewollt angelegt war nicht feststellbar. Müller ging eher davon aus dass es gewollt war – sind ja alle pervers diese Schwulen dachte er beim Lesen.

Der Penis wurde in die Mundhöhle gesteckt und die Lippen darum mit Sekundenkleber an den zusammengeklebt. Der gleiche Kleber fand sich auch an den Hoden wieder, die in die Backen des Opfers geklebt waren. Nach dem Öffnen des Mundraumes und nach dem Entfernen der Genitalien fand der Gerichtsmediziner Sperma in größerer Menge, jedoch nicht nur von einer Person.

Es musste sich hierbei um Gruppensex gehandelt haben, zumindest fünf verschiedene Spermien wurden gefunden.

„Grass" sagt Müller.

„Was meinst du damit?" fragt Sauerbier der gerade das Zimmer betritt.

„Der Kerl war eine Nutte oder besser gesagt ein Stricher oder wie man auch immer in diesen Kreisen zu solchen Leuten sagt."

„Von welchen Kreisen und von welcher Nutte sprichst du?"

„Na von unserem Strandopfer. Der hat sich in den Arsch ficken lassen, wahrscheinlich nachdem man ihn gefesselt hat, und die anderen fünf haben ihn ihren Saft ins Maul und Arsch gespritzt."

„He, langsam, ich hab dir schon so oft gesagt dass du dich mit deinen Ausdrücken zurückhalten sollst. Woher weiß du das alles?"

„Steht im Befund vom Doc."

„Weiß man schon wer er ist?"

„Ja der Bericht der Spurensicherung ist auch schon da, die haben das Auto, aber keine Papiere gefunden. Der Nummer nach ist es zugelassen auf einen Lutz von noch irgend etwas. Den Namen habe ich mir nicht gemerkt. Halt so einen adeligen wie unser Staatsanwalt."

„Andreas halt dich zurück" sagte Sauerbier. „Es kostet dich mal deinen Job wenn du so weitermachst. Du gehst schneller wieder Streife als es dir lieb ist."

„Schon gut Hans, aber so etwas geht mir einfach gegen den Strich. Kann mit solchen Abartigen einfach nichts anfangen, es gibt für mich halt nun mal nichts Besseres als eine feuchte geile Muschi und zwei pralle Titten."

"Ist ja gut" meint Sauerbier, aber lass deine abfälligen Bemerkungen über andere Personen bei dir. Es würde dir bestimmt auch nicht passen wenn du hier als Puff-Lui bezeichnet werden würdest oder?"

Er wartet keine Antwort ab, Sauerbier verabschiedet sich von Andreas um sich beim Erkennungsdienst nach der Adresse des Halters des roten Porsches zu erkundigen, und auch um eventuelle Angehörige des Opfers dadurch ausfindig zu machen.

Bei seinen Kollegen gab es die nächste offene Frage. Lutz von Wallersee zu Rabenstein aus Timmendorf, auf den der rote Porsche zugelassen ist, konnte niemals die Leiche sein.

Das Opfer dürfte zwischen achtundzwanzig und dreißig Jahren alt gewesen sein, und der Halter des Porsches ist dreiundfünfzig.

„Oh Gott, das auch noch, den Eltern zu sagen dass der Sohn tot ist, ist schon schwer, aber auch dann noch die Fragen nach den homosexuellen Verhältnissen des Sohnes, das wird nicht einfach" sagt Sauerbier vor sich hin.

„Na wollen wir mal sehen was daraus wird" sagt er noch ehe er das Büro verließ.

Auf der Fahrt nach Timmendorf überlegt er wie er den Eltern klar machen soll dass der
Sohn tot ist und vermutlich von einem seiner Lover ermordet wurde. Er stellt fest, er weiß es nicht. Diese Art von Zusatzaufgaben in seinem Dienst hasste er von der ersten Stunde an.

Nicht dass er ein weicher Typ ist der nah am Wasser gebaut hat, nein, aber in die Gesichter der unmittelbaren Angehörigen zu sehen wenn man ihnen die Nachricht vom Tod eines Kindes überbringt geht schon echt an die Nieren. Vor allem die Zeit nach der Eröffnung, das Wahrnehmen des Zusammenbruchs der Eltern, das Schweigen, das momentan tränenlose Weinen und dann die eigene Stimme die zu drängen beginnt, die Fragen stellt die man besser jetzt nicht stellen sollte, die aber gestellt werden müssen um letztendlich den Hinterbliebenen die Möglichkeit zu geben den

Menschen zu kennen der für diese Situation verantwortlich ist, der der den Tod herbeigeführt hat und so unsagbares Leid verströmt.

Der Dienstwagen gleitet langsam die breite Straße in Richtung Timmendorfer Strand entlang.

Der Fahrer sucht nach dem Haus der Eltern des Opfers. Diese alten Dienstwägen haben leider kein Navi. So war er gezwungen zu suchen.

Er fuhr langsam an prächtigen Luxusvillen vorbei die hier als Zweitwohnungen für die "Reichen und Schönen der Welt" errichtet wurden um "unter sich zu bleiben". Endlich stand er vor dem gesuchten Haus, was heißt hier Haus, Anwesen oder Traumbunker wäre zutreffender.

Er steigt aus, geht zum großen verschlossenen Eisentortor und betätigt nach einiger Suche die Klingel.

Kurz darauf ist eine näselnde Stimme zu vernehmen die nach seinen Wünschen erkundigt. Es scheint sich hierbei um einen Bediensteten zu handeln, denn nachdem er sagt wer er sei und dass er Herrn Lutz von Wallersee zu Rabenstein zu sprechen wünsche, wird im mitgeteilt dass er sich einen Moment gedulden soll, da es der Herrschaft erst mitgeteilt wird dass er Einlass begehre.

Die Stimme verstummt und es ist nur noch das noch das Knacken – und der Beendigungston der Kommunikation war zu hören - dann nur noch Stille.

Was für eine Welt denkt Sauerbier, und im selben Augenblick wird das Tor lautlos geöffnet. Er tritt ein.

An der Wohnungstür wird er von einen attraktiven Dame begrüßt.

„Ich bin Tanja, die Ehefrau von Herrn Wallersee. Leider ist mein Mann nicht anwesend, aber treten sie doch bitte ein.

Sauerbier betritt den Flur oder Empfangshalle, je nachdem wie man sagen will, der mit Perserteppichen ausgelegt ist. Während er der Lady in den großen Salon folgt betrachtet er beiläufig die modernen Gemälde und Skulpturen an den Wänden, mit denen er nichts anfangen kann.

Lauter Nippes denkt er für sich, teurer Nippes, hier kann sich doch keiner wohlfühlen.

„Wann wird ihr Mann zurückerwartet?" will Sauerbier wissen nachdem ihm ein Platz in einem modernen Schalensessel aus grünem Kunststoff angeboten wird.

„Wahrscheinlich Übermorgen, er ist auf Geschäftsreise in Salzburg. Um was geht es, vielleicht kann ich ihnen auch weiterhelfen. Man sagte mir sie sind Kriminalkommissar."

„Ja stimmt, es wäre nur angenehmer ihr Mann wäre auch hier, denn ich habe einige Fragen, die mir wahrscheinlich nur ihr Gatte beantworten kann."

"Oh Herr Kommissar wir haben keine Geheimnisse voreinander. Sie können mich also getrost fragen, ich werde ihnen sicher auf all ihre Fragen eine Antwort geben können. Möchten sie eine Tasse Kaffee oder Tee?"

"Nein danke" entgegnet Sauerbier und denkt nur „du dumme aufgeblasene Pute, dir wird das Überhebliche schon noch vergehen wenn ich erst angefangen habe zu erzählen", laut sagt er aber "na dann wollen wir mal mit den Fragen beginnen."

Wir haben gestern einen roten Porsche in Travemünde in der Nähe des Jachthafens gefunden und damit verbindet sich ein grausiger Fund, nämlich eine männlichen Leiche.

Nach unseren bisherigen Ermittlungen handelt es sich bei dem Porsche um den Wagen ihres Mannes und bei der Leiche des jungen Mannes vermutlich um ihren Sohn."

Solange Sauerbier spricht sitzt Tanja ihm gegenüber auf dem Sofa und hört seinen Ausführungen zu. Während des gesamten Gesprächs verzieht sie keine Miene.

Den Blick auf Sauerbier gerichtet stellt dieser fest dass kein Entsetzen in ihren Augen zu lesen ist.

Nachdem er mit seinem Prolog geendet hat, senkt er den Blick legt die Finger der beiden Hände aufeinander und sieht dann direkt in das Gesicht von Tanja von Wallenfels und wartet auf irgendeine Reaktion.

„Herr Kommissar, es tut mir unendlich leid, aber ich muss sie enttäuschen, so furchtbar ihre Ausführungen auch sein mögen, hier sind sie an der falschen Adresse. Ich kann ihnen versichern dass weder ich noch mein Mann einen Sohn haben, auch keine Tochter, und ein roter Porsche befindet sich auch nicht in unserem Fuhrpark. Was um Himmels willen soll das also?"

Entsetzt springt Sauerbier vom Sessel auf, seine Haare hängen plötzlich wirr ins Gesicht, er versucht sie zu bändigen, stottert eine Entschuldigung gegenüber der gnädigen Frau heraus, und war dabei so durcheinander dass er gar nicht merkt dass er laut denkt.

„Was für ein Arschloch hat da einen solchen Fehler gemacht, kann doch gar nicht sein, die Anschrift stimmt, der Name, das Kennzeichen des Autos. Hier stimmt doch was nicht.

Wissen sie wirklich dass kein roter Porsche auf den Namen ihres Mannes zugelassen ist?

Dass sie keinen Sohn haben ist erklärbar, aber wer ist der junge Mann der den Porsche gefahren hat?"

„Es tut mir leid, ich weiß es nicht, ich kann mir auch nicht erklären warum der Wagen auf den Namen meines Mannes zugelassen ist. Vielleicht ein Fehler seitens der Zulassungsstelle?"

"Ist es denn auch sicher, dass der junge Mann von dem sie hier sprechen auch den Porsche gefahren hat?"

Ja zweifellos, wir fanden DNA-Spuren des Toten auch im Wagen bzw. am Steuerrad.

Da dieses Fahrzeug auf den Namen ihres Mannes zugelassen ist, bestand die sofortige Verbindung dass es sich bei dem Toten um ein Familienmitglied oder zumindest Bekannten der Familie handeln muss. Denn es ist nicht erklärbar warum der Tote en derart teures Fahrzeug gesteuert hat. Dieses Fahrzeug ist auch nicht als gestohlen gemeldet."

„Sie sehen selbst es ist sehr merkwürdig. An der Zulassung besteht auch kein Zweifel. Auch die Versicherung des Porsches läuft auf ihren Ehegatten. Somit zweifellos kein Fehler der Zulassung, ich gehe eher davon aus, dass sie nicht über die Anschaffung dieses Fahrzeugs informiert wurden."

„Können sie ihren Mann telefonisch erreichen?"

„Ja, ich glaube schon, zumindest auf seinem Handy."

„Würden sie das bitte versuchen, wir müssen Gewissheit haben."

Da der Ermordete kein Familienmitglied ist, verzichtet Sauerbier auf die Mitteilung der genauen Todesursache und die Umstände der Ermordung.

„Selbstverständlich" sagt Tanja und verlässt kurz das Wohnzimmer um ihr Handy zu holen.

Wieder zurück wählt sie die Nummer ihres Mannes.

„Ich hoffe nur er ist in keiner Besprechung, denn dann schaltet er sein Handy immer aus. Nein ich habe ein Freizeichen."

Sauerbier starrt auf das Handy in der Hand der Frau, die teilnahmslos dem Rufton lauscht bis sich plötzlich am anderen Ende die Mailbox meldet.

Mit schüttelnden Kopf, fragenden Augen und dem Handy in der gesenkten Hand schaute sie zum Hauptkommissar.

„Das war nicht Lutz soncern die Mailbox. Das ist ungewöhnlich."

Lutz speichert die Nummer von Michael im Handy ab, tritt zu ihm, hebt die rechte Hand, streichelt sanft Michaels Wange mit dem Daumen, lächelt und sieht in diese verlorenen Augen. Sachte nähert er sich und gibt Michael mit leicht geöffneten Lippen einen Hauch von einem Kuss auf seinen Mund.

Michael steht ganz steif da, greift jedoch sofort mit beiden Händen nach den Schultern von Lutz und zieht ihn gänzlich zu sich heran. Gleichzeitig öffnet auch er seine Lippen und stößt seine Zunge sanft in die geöffnete Mundhöhle. Auch Lutz umfasst nun den Nacken von Michael und drängt sich an ihn. Dabei spürte er wie das Blut in seine Lenden schießt und er spürte auch wie der Druck von Michael gegen seinen Schwanz fester wird. Behutsam löst er seine Lippen von der sanften Verführung.

„Warte auf mich bis Übermorgen, du wirst es bestimmt nicht bereuen" sagt er leise zu Michael.

Er lässt seine Hand vom Nacken über den Arm von Michael gleiten, drückt seine Hand zärtlich, hebt sie leicht an, führt sie zu seinem Mund und haucht nochmals einen Kuss darüber.

„Bis bald, ich muss fort, by by."

Er dreht sich weg, sieht nicht mehr zurück, und geht schnellen Schritts zu seinem Wagen, steigt ein, und fährt aus der Parklücke langsam zurück um dann zur Einfahrt zur Autobahn zu gelangen. Im Rückspiegel kann er Michael sehen der unter der Laterne steht, beide Arme gesenkt und einem Häufchen Elend gleicht.

Lutz ist auf einmal ganz elend dabei, einerseits da er ja einen festen Freund hat, den er mit dem Wiedersehen von Michael verraten würde, andererseits weil er in einem jungen Mann wahrscheinlich Gefühle geweckt hat die er nicht erfüllen kann und auch nicht will.

Jetzt will er Übermorgen nur einen schnellen Fick mit einem gut aussehenden jungen Mann haben.

Abspritzen, duschen und dann zurück auf die Autobahn in Richtung Schwartau aufs Gut oder auch nach Timmendorfer Strand in die Villa. Egal, er kann es wagen den Ausrutscher dann zu verheimlichen.

Erst als der Wagen von Lutz der Sichtweite von Michael entschwunden ist löst sich seine Starre langsam auf. Er steht da, Tränen kleben an seinen Wimpern und suchen sich langsam einen Weg über das Gesicht hinunter auf seine Brust.

Jetzt erst atmet er schwer durch, beginnt zu zittern und seine Knie beben so dass er glaubt einknicken zu müssen. Gottlob steht er ja unter der Laterne und kann sich daran festhalten. Seine Gedanken kreisen, wollen sich nicht ordnen lassen. Noch nie hat er ähnliches erlebt. Von dieser Minute an fühlt er, ich bin ihm verfallen.

Sein Herz schlägt bis zum Hals, im Bauch dreht sich alles tausend Schmetterlinge sind unterwegs, er fühlt sich jetzt ganz alleine obwohl zwischenzeitlich wieder ein Auto den Parkplatz aufsucht. Michael geht auf seinen Wagen zu, steigt ein, hatte alle Lust auf schnellen Sex verloren, und will nur noch heim, nein lieber zu Lutz.

„Hoffentlich kommt er Übermorgen. Ich sehne mich jetzt schon nach ihm, und weiß doch gar nicht ob ich ihn je wiedersehen werde" sagt er leise zu sich selbst.

Als er seinen Wagen starten will merkt er dass er noch immer die volle Härte hat, die langsam zu schmerzen beginnt. Ich halte es nicht aus. Nach so langer Zeit wieder echte Liebe in sich zu spüren, „ich weiß das bringt mich um".

Er legt den Kopf zurück, schließt die Augen, atmet durch, legt beide Hände ans Steuer, stützt sich ab, bekommt keinen klaren Gedanken mehr auf die Reihe, bricht in sich zusammen und beginnt hemmungslos zu weinen.

„Was ist passiert, warum mir, ich habe schon so viele Nummern geschoben, nie war es so, was ist anders gewesen, warum ist er so nett zu mir, liebt er mich, ich weiß es nicht" formen seine Lippen lautlos die Worte. „Genau wie damals, aber er hat einen Freund, wahrscheinlich wird es nicht mehr nur Sex sein, aber egal, ich brauch ihn."

Diese Gedanken bringen den Tränenfluss nur noch mehr zum Laufen. Er spürt ein nicht zu beschreibendes Verlangen in sich jetzt in den Armen von Lutz zu liegen, seinen Atem zu spüren, den Duft seiner Haut in sich aufzusaugen, die Lippen die so zärtlich und so weich sind auf den seinen zu spüren, das Drängen der beiden Körper zu erleben, den Schweiß abzulecken der sich auf der Brust von Lutz bildet um dann letztendlich mit der Zunge dem Verlangen in Richtung der Erektion zu folgen um dann den Schwanz mit den Lippen zu umschließen und den wohligen Seufzer von Lutz nicht nur zu vernehmen sondern auch zu fühlen. Im selben Moment merkt Michael wie sich seine Erektion löst, wie der heiße Samen sich in seinen Slip ergießt, gewaltig, pumpend und ohne Unterlass. Er kommt von selbst, ohne Berührung, nur durch die Gedanken an Lutz, den Mann den er nur kurz kennenlernen durfte, der mit dem Versprechen des Wiedersehens verschwand, mit der Ungewissheit ihn jemals wiederzusehen. Das tut weh, richtig weh.

Lange noch bleibt er bewegungslos im Auto sitzen, gibt sich seinen Gedanken hin, bis das Sperma durch seine Jeans sickert und ein nasses klebriges Gefühl hinterlässt. Er blickt aus dem Auto, niemand mehr da, er steigt aus, versperrt den Wagen und eilt zur Toilette. Im Waschraum öffnet er die Hose, versucht mit Toilettenpapier und einem Tempo das Sperma weitgehend aus den Hosen zu entfernen, was aber nicht so recht gelingen will. Er gibt auf zieht die Hose wieder hoch, verschließt sie, wäscht sich die Hände, verlässt das WC, eilt zum Auto, öffnet, steigt ein und fährt zurück auf die Autobahn Richtung München.

Für Lutz ist es nicht das Erste Mal dass er einen jungen Mann verspricht ihn wiedersehen zu wollen.
Früher schon hatte er einige Liebschaften begonnen die ihm mehr gaben als der Sex mit seiner Frau. Dieser war mehr nur die eheliche Pflicht, die Pflicht einen Nachkommen zu zeugen aber in den Armen eines jungen Liebhabers, da kann er sich ganz verlieren, genießen und merken dass er noch lange nicht „alt" sein wird.
Und jetzt mit Michael ist es wieder genauso wie damals mit Peer, dem verträumten Studenten am Strand von Travemünde, nackt im Sand am Strand der Ostsee, die Sonne spiegelte sich im blonden nassen Haar, das helle Schamhaar ganz kurz geschnitten ein echter Kontrast zum braunen sehnigen Körper, der alles versprach was man sich nur ausdenken konnte.
Aber dieses Mal will er nicht.
Michael hat ihn zwar total angesprochen und aufgegeilt, aber er hat seine Gefühle so sehr im Griff dass er sich mit der Lüge des Wiedersehens aus dem Staub machen konnte.
Er ist mit Peer so glücklich, er will das nicht zerstören. Zumal er vorhat erstmals mit einem Mann eine eigene Wohnung zu haben, hier in Salzburg.

Nein, kein Liebesnest, sondern eine Wohnung fürs Leben. Es ist alles schon mit Peer besprochen. Peer soll sein Studium in Salzburg fortzusetzen und er will sich von seiner Frau trennen. Dazu also diese weite Fahrt nach Salzburg, unter der Rubrik, Geschäftsreise. Er weiß außerdem jetzt schon dass er auf der Rückfahrt nach Schwartau oder Timmendorf nicht über München fahren wird.

Nein, er beschließt für sich die Wohnung anzusehen die ihm vor vielen Jahren ein einem Onkel vererbt hat und seit einiger Zeit Mietfrei ist.

Eine herrliche Vier-Zimmer-Wohnung direkt an der Salzach nicht weit entfernt von der Uni und doch ruhig und zentral gelegen.

Eine Wohnung in der vierten Etage, direkt unterm Dach in einem der alten Häuser in dem schon einer seiner Vorfahren gewohnt hat.

Er freut sich bei diesen Gedanken auf die Zukunft, auf die gemeinsame Zukunft, auf die Zukunft mit dem Mann den er wirklich unsterblich liebt, was heißt liebt, dem er gänzlich verfallen ist.

Lutz war damals mit dem Rad unterwegs, er wollte einfach etwas trainieren, der Tag bot sich dazu förmlich an.

Sonne, aber nicht zu heiß, ein leichter Wind weht über die Ostsee, lässt an seinen nackten Armen und im Gesicht ein angenehmes Gänsehautgefühl entstehen und versetzt ihn geradezu in Hochstimmung. Der Radweg von Timmendorf nach Travemünde entlang dem Strand der Ostsee ist schmal, manchmal steinig und dann wieder hoch über dem Strand. Die Birken reichen bis an den

Weg, danach fällt die Böschung steil ab und gibt einen wunderschönen Blick auf die Ostsee frei.

Lutz bringt sein Rad zu Stillstand. Steigt ab, lehnt das Rad an eine Birke und setzt sich auf eine in der Nähe stehende alte Holzbank.

Er streckt die Füße aus, spreizt die Beine, lehnt sich zurück und dankt Gott für diesen schönen Tag.

Heute letztmalig ausspannen und dann morgen zurück aufs Gut nach Schwartau, die Erntearbeiten überwachen.

„So ein Scheiß", „möchte viel lieber hier bleiben. Aber was soll es. Von Nichts kommt Nichts" denkt er.

Lutz streckt die Arme zum Himmel, dehnt seinen noch immer sportlichen Körper, springt auf und will weiterfahren.

Der Drang seiner Blase jedoch zwingt ihn sich zu entleeren.

Er ist schon auf dem Weg zu einer Birke als er den Blick über die Böschung fallen lässt. In ihm erwachte das Kind.

"Wie lange schon habe ich nicht mehr über eine Böschung gepinkelt" sagt er lachend vor sich hin.

Er dreht um, stellte sich an den Rand der Böschung zieht die Radlerhose mit der einen Hand einen Teil herunter und greift mit der anderen Hand nach seinem Schwanz und beginnt zu pissen.

Dabei lässt er seinen Blick auf den Strand gleiten indem er dem Wasserstrahl nachschaut.

Es trifft ihn überraschend. Da ist nicht nur der Sand, nein, da ist dieser göttliche gestählte Körper direkt vor ihm.

Um nicht aufzufallen bricht er sofort schmerzhaft seine Pinkelei ab, packt ein und zieht sich langsam und ruhig von der Böschung zurück.

Er kann nicht widerstehen. Er muss nochmals an den Rand zurück.

Er will ihn sehen, ganz lange ansehen, genießen, ihn in sich aufsaugen.

Welch ein Anblick. Braun gebrannt, jung und drahtig. Poooh!!!!!
Bei diesem Anblick schießt ihm das Blut in seine Lenden,
weiterfahren will und kann er nicht mehr.
Der junge Mann scheint zu schlafen. Bewegt sich nicht. Liegt
einfach so da. Nackt wie Gott ihn schuf.
Der ebenmäßige Körper strahlt Ruhe aus, die beiden Arme leicht
am Körper mit geöffneten Handflächen, die Beine leicht gespreizt
und versteckte nur einen Teil der Eier und der Penis liegt schräg
über seinen Lenden.
„Der scheint aber ganz gut gebaut zu sein denkt Lutz, ich muss nur
näher ran, dann kann ich auch das Gesicht besser sehen, aber wie"
- denkt er.
Da kommt ihm ein unverfänglicher Einfall.
Er geht wieder leise zum Rad zurück, steigt auf und radelte in die
entgegengesetzte Richtung fort. Nach etwa fünfzig Metern,
außerhalb der direkten Sichtweite zu dem Jüngling stellt er sein
Fahrrad wieder ab und steigt die Böschung hinab zum Strand. Dort
läuft er ungefähr bis zur Mitte, bleibt stehen und zieht sich
ebenfalls nackt aus. Wirft seine Utensilien in den Sand und rennt,
etwas lauter als üblich, schräg in Richtung des Anderen in die
leichten Wellen der Ostsee.
Mehr fühlend als wissend spürt er die Blicke des Jungen in seinem
Rücken. Nach einigen Zügen im Wasser kommt er zurück, und legt
sich einfach in den Sand um sich von der Sonne trocknen
zu lassen.
Damals hat der Junge gelächelt und sich auf die Seite gedreht mit
Blickkontakt ihm.
Dann steht der junge Mann auf, schlendert Richtung Ostsee aber
unmittelbar auf Lutz zu. Er stellt sich neben ihn sodass sein
Schatten auf ihn fällt und fragt:

"Lust nochmals auf schwimmen, du warst ja nur zum nass werden drin, tut dir bestimmt gut dich abzukühlen" sagt der Junge keck´.

Lutz stützt sich auf die Ellbogen, sieht dem Jungen ins Gesicht, lächelt und hält ihm den rechten Arm entgegen.

"Wenn du einem alten Mann aufhilfst und ihn vielleicht auch noch aus den Fluten retten kannst, dann gerne."

Peer, so stellt sich später heraus, heißt der junge Mann, greift nach dem Arm, zieht ihn mit einem Schwung hoch und ganz nah an s ch heran. Beide Körper berühren sich kurz und in Lutz explodieren die Gefühle. Er kann dem Blick aus den hellblauen Augen nicht Stand halten und versucht sich wegzudrehen.

"Das schaffst du nicht mehr, du willst es doch auch gar nicht.

Ich beobachte dich schon eine ganze Weile, dein Pissen hat mich übrigens ganz angetörnt, ich stehe auf Natursekt, und noch mehr aufs küssen.

Was ist, hat es dir die Sprache verschlagen? Deshalb bist du doch heruntergekommen, oder?" Während dieses Gesprächs lässt Peer den Arm von Lutz nicht los, vielmehr fasst er mit der linken Hand zwischen die Beine von Lutz und spielt mit dessen Eiern.

Es wurde noch ein schöner Nachmittag, zu zweit allein die Liebe auskostend. Von da an hat er sich eine ganze Zeit mit Peer hier am Strand getroffen bis dieser in Hamburg sein Studium wieder aufnahm.

Nach kurzer Zeit schon gesteht sich Lutz ein dass er für Peer mehr empfand als jemals für Tanja.

Ihm genügen die gelegentlichen Wochenendtreffen mit Peer nicht mehr, er will mehr, er will ihn um sich haben, ihn ganz für sich allein.

Die Entfernung zwischen ihm und Peer in Hamburg ist zwar nicht sonderlich groß, aber doch ganz schön zeitaufwendig. Außerdem muss er sich um das Gut kümmern und der Winter steht bevor. Die Treffen im Hotel sind ebenfalls mehr als nervig, dazu muss Lutz nach Hamburg fahren, in der Gegend von Travemünde und Lübeck ist er dafür zu bekannt.

Das kostet Zeit und ist umständlich. Und da war noch Tanja, es muss alles geheim verlaufen, einfach stressig.

Da beschließt er direkt in Neustadt bei Timmendorf an der Strandpromenade im größten Appartementhaus eine Wohnung zu kaufen. Nicht unter seinem Namen, nein, Peer soll als Käufer und Eigentümer auftreten. Auch soll er ein schnelles Auto erhalten, einen knallroten Porsche, damit er schnell von der Uni zuhause ist. Zuerst will Peer nicht. Ihm gefällt es in Hamburg, dort ist er frei, hat eine kleine Studentenbude angemietet, kann tun und lassen was er will. Warum also nach Timmendorf ziehen und den Stress der täglichen Fahrt auf sich nehmen.

Als ihm jedoch Lutz den Vorschlag unterbreitet, keine Wohnung zu mieten sondern auf seinen Namen zu kaufen, und noch dazu in bester Wohnlage mit direktem Blick auf die Ostsee inmitten der Schiki-Miki Szene lässt er sich erweichen und stimmt zu.

Die Wohnung liegt ganz oben im Apartmenthaus, eine unter sehr vielen Wohnungen, anonym und unverdächtig.

Peer richtet sich sein neues Domizil teuer und geschmackvoll ein.

Auf Geld muss er keine Rücksicht nehmen, es ist einfach da.

Dann nach sechs Wochen ist es fertig, frisch renoviert und modern eingerichtet. Der Lover kann kommen.

Für Lutz ist es auch kein großer Aufwand sofern er und Tanja in Timmendorf verweilt.

Er meldet sich bei Tanja zum Joggen ab, läuft rund fünfhundert Meter die Strandpromenade entlang, biegt in die Tiefgarage des Betonklotzes ein und fährt mit dem Lift hinauf ins Penthaus. Es gibt mit dem Lift und dem passenden Schlüssel einen direkten Zugang zur Wohnung.

Schon beim Betreten der Wohnung stellt Lutz fest dass sein Geld besonders gut angelegt ist.

Leise Musik von Donovan gemischt mit dem Parfum von Peer, er bevorzugt Lagerfeld, schwer und süß, raubt ihm schon fast die Sinne. Dann steht er plötzlich vor ihm.

Wie einst Adonis. Nur mit einem weißen Handtuch über der immer noch braungebrannten Schulter, die blonden Haare nass und gerubbelt, die letzten Wassertropen in den Schamhaaren, ein Bild wie ein Gott.

„Du bist zu früh."

„Ich habe es nicht mehr ausgehalten, zu wissen du bist mir so nah, und doch unerreichbar."

„Nun dann musst du mich eben jetzt so ertragen wie ich bin, nicht zurechtgemacht und nackt."

„Das gerade macht dich so anziehend, dass du ausgezogen bist. Ich will dich so, nicht hergerichtet wie für einen Freund."

Er trat einen Schritt auf Peer zu, zog am Handtuch, und zog in zu sich und presste ihn langsam fest an sich.

Peer ließ es geschehen, suchte mit seinen vollen Lippen nach denen von Lutz und drückte diese mit seiner Zunge auf.

Im selben Moment begann es in seinen Lenden zu pulsieren, sein Schwanz schwoll an, und schob sich zwischen ihn und Lutz.

Dieser suchte, noch immer im Kuss versunken mit der rechten Hand zwischen den Beinen von Peer nach dessen prallen Sack. Er liebte diesen frisch rasierten Beutel, die Bewegung der großen harten Eier unter seinem Druck, das leise Aufstöhnen von Peer und seine dadurch zunehmende Geilheit.

Auch in diesem Augenblick überkam sie ihn wieder, Blut schoss nicht nur in seine Lenden und brachte seinen Schwanz fast zum Bersten, nein, auch der Kopf wurde heiß, seine Gedanken begannen sich schneller zu drehen und die Lust auf einen ausgiebigen Fick war so unaufhaltsam gekommen wie das Gewitter nach einem schwülen Tag.

Als er Peer leicht in den Hals gebissen hatte drehte sich dieser aus der Umarmung und sank mit geil machenden Bewegungen auf den Boden. Lutz folgte ohne überhaupt den Inhalt der restlichen Wohnung wahrzunehmen. Dazu würde er später noch Zeit haben.

Peer ließ sich rücklings auf den weichen dicken weißen Teppich fallen, und stützte sich dabei auf seine Ellbogen und flüsterte zu Lutz: „Komm her du geile Sau, ich will dich ausziehen, langsam, genussvoll und provokant."

„Peer bitte mach schnell, ich will dich haben, jetzt sofort, ich bin so geil mir kommt´s auch gleich."

„Ja ich mach`s dir, aber nicht im Sturm als fünf Minuten Terrine sondern langsam und genussvoll.

Du sollst leiden, du sollst flehen, du sollst an mir verbrennen."

Lutz lutschte an Peers Brustnippel und zog sich dabei schon selbst das Shirt über den Kopf, während Peer versuchte ihm die Jogginghose nach unten streifen.

Dabei drückte er dessen Schwanz zuerst nach unten damit dieser dann wie eine Feder wieder nach oben schnellte und direkt im Mund von Peer sein Ziel erreichte. Strampelnd streifte Lutz die lästige Hose ab und entfernte geschickt seine Socken während Peer bereits beginnt den Schwanz mit seiner Zunge zu verwöhnen.

Dabei fuhr er am Schaft auf und ab, leckte nur die Eichel und hielt den Rest des Steifen mit der Hand umklammert.

„Ja blasen, dass kann er ausgezeichnet, da macht ihm so schnell keiner was vor" denkt Lutz und gab sich ganz dem Gefühl hin. Er legte seinen Kopf in den Nacken und umfasste mit beiden Händen den Kopf von Peer um ihn immer und immer wieder gegen seinen Schwanz zu stoßen. Peer öffnete und schloss immer wieder seine Lippen um die pulsierende Latte von Lutz, schob mit der einen Hand die Haut vor und zurück und massierte gleichzeitig die Eier die im Hodensack hin und her flogen und in Lutz die Geilheit zur Ekstase trieben.

Mit großen blitzenden Augen blickte Peer immer wieder zu Lutz, erkannte die steigende Lust und den kurz bevorstehenden Vulkanausbruch. Instinktiv wurden seine Bewegungen langsamer was Lutz immer öfter erschauern ließ. Fast flehentlich bat er Peer die Sache doch zu Ende zu bringen, er sei so geil dass er kommen will, kommen will in seinem Mund, ihm die ganze Ladung in den Rachen schießen möchte.

Peers Lippen gaben den Schaft frei, er lachte und meinte "das hättest du wohl gerne". Aber du musst leiden, dir soll der Saft an den Ohren stehen, du sollst vor Geilheit schreien, und dann bin ich bereit dass du deinen geilen Stil in mich schiebst, langsam, zärtlich und dann brutal, du sollst in mir explodieren, du sollst in mir verbrennen während ich mir meinen Schwanz wichse und gleichzeitig mit dir kommen werde."

"Nein, bitte lass mich kommen, danach werde ich dich ficken bist du schreist."

Peer löste sich vorsichtig von Lutz, stand auf, schlendert langsam ins Wohnzimmer und fingerte nach dem Champagnerglas, setzte es an seinen Mund, nahm einen großen Schluck und kehrte zu Lutz zurück.

Lutz beobachtet diese Szene in der Hoffnung dass Peer ihm den Sekt in seinen Mund träufeln würde und öffnete bereitwillig seine Lippen und legte sich nochmals auf die Ellbogen gestützt zurück, schloss die Augen und schrie im gleichen Augenblick auf.

Es war ein Schrei der Befreiung nicht des Schmerzes. Erstmals in seinem Leben erlebte er so etwas.

Peer steckte sich seinen Schwanz in den mit dem kalten Champagner gefüllten Mund und das löste in Lutz einen angenehmen aber nicht gekannten Wohlfühlschmerz aus der gleichzeitig das Gefühl des Samenergusses vorgaukelte.

Tief nach Atem ringend griff er nach Peer, zog in auf sich herab und hauchte "du bist so voller Überraschungen, du kennst so viele Tricks und Kniffe, du machst mir direkt Angst, was kommt da noch. Eigentlich kann ich`s gar nicht erwarten. Aber jetzt glaub ich ist meine Erektion weg,

sieh mal, der Schwanz baumelt, hat aber noch nicht gespritzt."

"Keine Sorge, der kommst schon noch zu seinem Recht. Komm wir gehen ins Schlafzimmer, da gibst noch eine ganze Menge Spielsachen für uns."

Er erhob sich langsam, zog Lutz ebenfalls hoch, küsste ihn und zog ihn zärtlich aber bestimmt mit ins Schlafzimmer das ganz in orange gehalten ist, mit einem gedämpften Licht und auf einen Knopfdruck einfühlsamer Musik.

"Sehr geschmackvoll" musste Lutz zugeben, "geil was für erotische Bettwäsche, alles Seide, find ich gut und aufgeilend."

"Komm leg dich hin, entspann und lass dich überraschen."

"Was für Überraschungen hast du noch?"

"Wart ab. Ich hoffe du vertraust mir."

"Wenn nicht dir, wem dann?"

"Gut dann leg dich rücklings hin, ich will dich mit Handschellen fesseln, du sollst dir nicht mehr selbst an deinen Schwanz und die Eier greifen können um zu kommen. Das will ich dir besorgen. Einverstanden?"

"Ja, sieh doch, schon der Gedanke daran lässt ihn wieder wachsen, fang endlich damit an."

Langsam und genussvoll legt Peer die Hand- und Fußschellen an, befestigt sie am Bett und betrachtet den muskulösen Körper vor sich. Er kniet sich über Lutz, legt sich langsam auf ihn, stemmt sich jedoch gleich wieder hoch um langsam in Richtung seines Kopfes zu krabbeln. Dort steckt er seine heiße Latte langsam in die heiße Mundhöhle von Lutz, der sofort zu saugen beginnen will, aber Peer zieht ihn zurück, lacht, und setzt sich zurück auf die Beine von Lutz. Er beginnt mit dessen Schwanz zu spielen. Er beugt sich zu ihm, nimmt dessen Latte genüsslich zwischen seine Lippen, und bläst dessen harten Schwanz, lässt diesen dann aber unbeachtet zurück, setzt sich abermals auf die Brust, wichst sich seinen Schwanz steif und steckt ihn dann in den Mund seines Freundes. Langsam, aber dann immer kräftiger stößt er sein Monster hinein, lässt seine Eier an sein Kinn schlagen, wird extrem geil, reist sich zusammen, zieht den Schwanz zurück und sieht zufrieden zu wie Lutz versucht nach seinem Schwanz zu schnappen. Er lässt es nicht zu, nimmt seinen Schwanz in die Hand und schlägt ihn Lutz immer wieder ins Gesicht und auf den offenen Mund und schiebt ihn immer wieder hinein. Dabei spielt er sich selbst an seinen Nippeln das ihn ungemein antörnt.

Langsam rutscht er auf dem Bauch von Lutz langsam nach Unten. Er greift mit seiner Hand in den Mund von Lutz um sich dessen Speichel auf seine Rosette zu streichen.

Danach gleitet er langsam auf den Speer und lässt ihn langsam in sich eindringen.

"Woh, was für ein Gefühl. Bleib ruhig liegen, ich mach alles, ich katapultiere dich in den Himmel, schrei wenn du willst, wehr dich soweit du kannst, es törnt mich nur noch mehr an."

Er begann langsam mit sich zu bewegen, mit immer schneller werdenden Kreisen, sein Körper stählt sich, richtet sich auf, bäumt sich zurück um gleich wieder vorzuschnellen und dann langsam den Schwanz wieder freizugeben. Er beugt sich vor, küsst Lutz auf den Mund in einer fordernden Weise wie dieser das nicht kannte. Er will den Kuss erwidern, Peer zieht aber den Kopf zurück und lässt Lutz dabei richtig leiden.

Er kniet noch immer über Lutz, nimmt seinen eigenen Schwanz in die rechte Hand, schiebt seine linke Hand zärtlich in den Mund von Lutz und öffnet diesen.

"Ganz ruhig bleiben, dein Fick hat meine Blase gereizt, ich will meinen Natursekt loswerden, du wirst ihn trinken, soviel du willst, den Rest lass du einfach im Mund, ich will auch was davon."

Und noch ehe Lutz einen Gedanken denken kann, spürt er die warme etwas salzige Flüssigkeit in seinen Mund laufen.

Unvorstellbar, es erregt ihn, er schluckt, will mehr leckt mit der Zunge über die Eichel.

"Langsam, nicht mehr schlucken, jetzt kommt mein Rest, der gehört uns beiden."

Lutz öffnet seine Augen, sieht Peer fordernd an, und der lässt den Rest von dem kostbaren Getränk in seinen Mund laufen.

Peer gibt den Schwanz frei, und legt sich neben Lutz und steckt genussvoll seine Zunge in seinen Mund. Schluck um Schluck bei geschlossenem Mund verbunden mit Küssen und Spielen am

Schwanz von Lutz teilen sich beide die edlen Tropfen bis zur bitteren Neige.

Als Lutz wieder zu Atem gekommen ist leckt er sich über seine Lippen und gesteht "das war das erste Mal, aber bestimmt nicht das letzte Mal, es war geil, schmeckt gut, ich glaub nicht nur salzig sondern auch nach Nuss."

"Genau, und jetzt wird`s erst heiß. Kennst du *Poppers*?"

"Nein was ist das? Eine Droge?"

"Nein, aber eine Stimulation die dich noch oben schießt. Nicht gefährlich, nicht abhängig machend, nur geil.

Du musst nicht wenn du nicht willst, aber ich nehme davon, ich zieh das hoch, es öffnet die Muskeln, ich kann dich noch heftiger reiten, kann mir auch noch einen Dildo dazu hineinschieben, es ist nur geil, du spürst nur noch die Hitze in dir, das wallende Blut das dich zu verbrennen scheint, und dann, dann kommt die Explosion, der Schuss ins All, die ultimative Extase."

"Ja ich will`s auch haben."

"Gut ich mach dir eine Hand frei, damit du das Fläschchen halten kannst, und kurz bevor du meinst du kommst, schnüffelst du daran, ziehst es hoch in beide Nasenlöcher und dann mach einfach was du willst."

Peer greift unter die Bettdecke, bringt zwei Fläschchen zum Vorschein, beugt sich über Lutz und öffnet die rechte Handschelle und gibt ihm eines der Fläschchen, klein braun mit goldener Aufschrift "Poppers Amsterdam - der Himmel auf Erden".

Er küsst Lutz ausgiebig, spielt an seinem eigenen Schwanz, bringt ihn zur Stärke, bläst gleichzeitig auch den Schwanz von Lutz zu einer beängstigenden Größe, öffnet sein Fläschchen, riecht daran, zieht den Duft intensiv in die Nase, wobei er sich ein Nasenloch zuhält, erschauert, greift nach dem Penis von Lutz und rammt ihn sich schonungslos in seinen Arsch. Er stöhnt auf, schreit fast, beginnt mit wilden Bewegungen, wichst sich seinen Schwanz und vergisst ganz und gar Lutz. Er ist nur noch damit beschäftigt sich selbst zum Höhepunkt zu bringen. Er merkt wie der Schwanz im inneren seine Prostata reizt, ihn Glücksgefühle beschert, er wird schneller und zieht immer wieder den Duft des Fläschchens in die Nase.

Auch Lutz hat bereits an der Flasche gerochen, fühlt wie sich sein Inneres ändert, wie Hitze in seinen Kopf steigt, er fühlt dass sein Schwanz dicker und größer wird, dass seine Eier keinen Schmerz mehr verspüren. Er fühlt die Bewegungen von Peer, will mehr Kraft in seine Stöße legen, zieht nochmals an der Flasche und dann passiert es, der Kopf will zerplatzen, er bäumt sich auf, reißt an den Fesseln, schreit und schießt seine Ladung ab.

Zum selben Zeitpunkt als auch Peer den Höhepunkt erreicht und seinem Saft die Freiheit gibt. Es ist eine solche Kraft dahinter dass er die Wand hinter dem Bett trifft, und jedes Mal wenn Lutz erneut zustößt um auch seinen letzten Tropfen loszuwerden ergießt sich Peer nochmals und nochmals auf das Gesicht und die Brust von Lutz.

Kraftlos und erschöpft fallen beide Körper in sich zusammen. Lutz leckt das Sperma von seinen Lippen, genießt den scharfen nach Nüssen schmeckenden Saft und zieht mit der freien Hand Peer an dessen Haaren zu sich an den Mund und versinkt in einem ewig dauernden Kuss.

Schweißgebadet aber glücklich liegen beide nebeneinander.

"Das war Welt bewegend" sagt Lutz. "Woher kennst du das alles, woher weißt du was einen Mann antörnt, woher nur woher?"

"Ist doch egal, ich kann`s halt. Warte mal ich mach dich los, dann kannst du besser entspannen."

"Nein bitte noch nicht, ich möchte das Gefühl als Unterlegener noch etwas genießen. Es ist schön dir ausgeliefert zu sein, nicht zu wissen was kommt, in diesem Moment auch der Tod, wäre egal "

Später stand Lutz mit zittrigen Beinen und einem Glas Champagner auf dem Balkon und sah hinaus auf die Ostsee.

„Ich muss über Fünfzig werden um zu erleben was wirklicher Sex ist" denkt Lutz.

Bei den Treffen mit hiesigen Männern kam es kaum zu Zärtlichkeit, es wurde gewichst, manchmal geblasen und wenn man Zeit und Lust hatte auch schon mal mit einem Gummi gefickt, aber eher selten.

Das war hier anders. „Hatte Peer ein Kondom benutzt? Ich glaube nicht, egal es war traumhaft göttlich, nicht zu vergleichen, schon gar nicht mit den Pflichtveranstaltungen mit Tanja" schoss es ihm durch den Kopf.

"Oh Scheiße, Tanja, die hab ich ja ganz vergessen". Dabei drehte er sich um zu Peer. „Wir bekommen heute Gäste und ich wollte nur noch schnell zum Joggen. Jetzt bin ich schon mehr als zwei Stunden weg. Was sag ich bloß?"

"Na sag doch du hast dir den Fuß verknackst."

"Dann kann ich aber eine Zeitlang nicht mehr kommen, denn dann fällt Joggen aus."

"Nein mein Schatz, dann lass dir was anderes einfallen, ich möchte dich sooft lieben wie es geht."

"Du bist lieb, ein Geschenk des Himmels für mich, ja ich lass mir was einfallen, wenn es geht komme ich vielleicht heute nochmal vorbei - aber nur so - nicht zum ficken. Aber jetzt muss ich weg."

Er lacht, dreht sich um, gibt Peer noch einen langen Kuss, zieht sich wieder an und verschwindet im Lift nach Unten.

Peer gießt sich Vodka ein, geht ins Wohnzimmer legt sich auf das Sofa, nimmt einen Schluck, lacht vor sich hin und schläft ein.

„Es passt alles", denkt Lutz beim Verlassen des Hauses, „einfach alles. Es ist vollkommen, rein und echt".

Lutz merkt, er hat sich verliebt, unsterblich verliebt in einen Mann den er doch noch gar nicht richtig kennt.

Von dem er nicht mehr weiß als seinen Namen und dass er jetzt sein Lover ist.

So geht das nun schon beinahe ein Jahr ohne dass Jemand Verdacht schöpfte. Es ist himmlisch, eine Gratwanderung zwischen dem Alltag und dem Leben. Was kann noch schöner sein?

Lutz denkt bereits jetzt an die Zeit nach dem Studium von Peer. Er will danach irgendwo im diplomatischen Dienst arbeiten, über genügend Beziehungen verfügt er durch seine Eltern. Dann möchten beide ins Ausland, ein neues Leben in irgendeiner Metropole beginnen, neu beginnen.

Lutz ist bereit dafür seine Ehe zu opfern, das Erbe aufzugeben um seinen Traum zu leben.

Lutz ist auf der Heimfahrt aus Salzburg bereits in Fulda angekommen. München hat er tatsächlich hinter sich gelassen ohne auch nur zu halten um den Druck seiner Blase zu erleichtern. Aber jetzt ist es dringend Zeit dafür. Er biegt auf einen nächstgelegenen Rastplatz ab, steuert seinen Jaguar wieder in eine Parkboxs, zieht dabei wieder die neidischen Blicke der anderen Autofahrer auf sich, schaltet den Motor ab, schwingt sich elegant aus dem Wagen und geht schnellen Schritts auf das

Restaurant zu, auch um eine Kleinigkeit zu essen. Am Tisch stellt er fest dass er sein Handy im Wagen gelassen hat.. Er will nochmals versuchen mit Peer eine Verbindung zu bekommen. Er muss ihm doch sagen dass es eine Traumwohnung ist, er diese auch schon durch einen Innenarchitekten renovieren und einrichten lässt. Seit seiner Abreise hat er nicht mehr mit Peer gesprochen. Das Handy zeigt nur an, dass der Empfänger derzeit nicht erreichbar ist. Wahrscheinlich bereitet er sich auf eine Klausur vor oder hat nur wieder Mal vergessen des Handy anzuschalten beruhigt sich Lutz.

Und zuhause ist bestimmt auch alles in Ordnung. Tanja muss sich auch nicht um das Gut kümmern, dafür ist der Verwalter da auf den voll Verlass ist. Tanja ist bestimmt auch mit den Vorbereitungen für Ihre Ausstellung voll beschäftigt und so sah er bisher auch keine Veranlassung mit Tanja zu telefonieren. Worüber auch, Gemeinsamkeiten gibt es schon lange nicht mehr.

Er schob die Gedanken beiseite und isst den bestellten Salat, trink dazu eine Cola - natürlich "light" - er will ja seinen Body nicht überstrapazieren - und macht sich danach wieder auf, in Richtung Auto.

Dort fischt er nach dem Handy in der Jackentasche und will gerade die Nummer von Peer drücken als er bemerkt dass Nachrichten abgespeichert wurden.

„Na endlich" sagte er halblaut vor sich hin. In der Hoffnung auf eine Nachricht seines Peers öffnet er die SMS, aber es war nur die Mitteilung dass Tanja schon mehrmals vergebens angerufen hatte. Die Anrufe hat er nicht gehört, war in Gedanken oder beim pinkeln außerdem hatte er sein Handy auch öfters ausgeschalten, vor allem als er mit dem Architekten beschäftigt war.

Da sie mehrmals angerufen hat, musste es dringlich sein, also wählte er ihre Nummer.

Schon beim zweiten Läuten vernimmt er ihre Stimme.

„ Na endlich rufst du zurück. Ich hatte Besuch von der Kripo. Blicke dabei aber nicht ganz durch was die eigentlich von uns wollen. Nachdem ich dich nicht erreichen konnte sind sie wieder gegangen,

wollen aber morgen direkt mit dir Kontakt aufnehmen. Du sollst ins Präsidium kommen. Die Karte von dem Hauptkommissar mit seiner Telefonnummer habe ich."

„Um was ging`s, haben sie das wenigsten gesagt?"

„Ja, deshalb blicke ich ja nicht ganz durch. Zuerst wollten sie mir schonend beibringen dass unser Sohn tot ist wahrscheinlich ermordet, soviel ich dem Gespräch entnehmen konnte.

Als ich ihnen klarmachen wollte dass wir keinen Sohn haben, wurde es noch undurchsichtiger, denn zur Leiche gehört ein roten Porsche der auf deinen Namen zugelassen ist."

Am anderen Ende der Leitung spielte sich ein Drama ab.

Alles Blut wich aus seinem Gesicht.

Die letzten Worte hört er schon nicht mehr, das Handy entgleitet ihm, fällt auf den Betonboden und rutscht unters Auto und bricht die Verbindung zu Tanja ab.

Lutz steht da, den Mund offen, die Arme hängen schlaff neben ihm und die Knie beginnen zu wackeln. Er merkt schon nicht mehr wie sie nachgeben und er schwer wie ein Stein ebenfalls auf dem Beton aufschlägt. Er verletzt sich dabei so stark am Kopf dass sofort Blut austritt was dem Vorfall eine dramatische Note verleiht.

Umher stehende Autofahrer hatten die Szene beobachtet und eilten zu Lutz. Dieser lag wie tot auf dem Boden.

„Der hat ne`n Herzinfarkt" ruft eine Frau.

„Holt doch mal jemand einen Arzt" ruft eine andere Stimme.

Aus dem Restaurant kommt Bedienungspersonal und verständigt auch sofort die Polizei und den Notarzt.

Lutz wird ins Klinikum Fulda eingeliefert.

Im Krankenhaus kommt Lutz rasch wieder auf die Beine. Die Wunde am Kopf wurde zwischenzeitlich mit einigen Stichen gut versorgt.

Eine Schwester hatte seine Personalien aufgenommen und somit auch die nächsten Angehörigen in Erfahrung gebracht.

"Es ist momentan nicht möglich dass sie alleine weiterreisen. Wir werden sie heute Nacht auf jeden Fall hier behalten" bekam er von strenger Stimme der behandelnden Ärztin zu hören.

Er will das keinesfalls, aber die Schwester fügt noch hinzu dass bereits seine Frau telefonisch verständigt worden ist damit sie ihn morgen abholen kann.

Lutz fügt sich seinem Schicksal. Auf Station wird ihm schlagartig wieder bewusst was geschehen war. Der Anruf, der Unfall mit dem roten Jaguar, alles begann sich wieder zu drehen. Gerade noch rechtzeitig konnte ihn die Schwester auffangen ins Bett legen. Der herbeigerufene Arzt führte den Zusammenbruch aber auf den Unfall zurück.

„Wahrscheinlich hat er eine Gehirnerschütterung, die doch stärker ist, als angenommen. Bitte versorgen und schauen sie später nochmals nach ihm. Sollte es schlimmer werden geben sie ihm bitte ein Beruhigungsmittel."

Die Schwester blickte auf Lutz, dessen Augen wieder feucht schimmerten.

„Kann ich noch etwas für sie tun, da sie ja Privatpatient sind, wird der Oberarzt gleich nochmals nach ihnen sehen. Wenn sie etwas benötigen, drücken sie den Knopf. Und ruhen sie sich einfach aus. Es wird alles wieder gut."
Sie drehte sich nochmals nach ihm um bevor sie das Zimmer verließ.

Nach dem Anruf der Klinik wusste Tanja warum Lutz einfach das Gespräch beendet hatte. Oh Gott sie will so schnell als möglich zu ihm.

Übers Handy ruft sie den Verwalter an, erklärt kurz was passiert ist und bittet ihn vorbeizukommen um sie zum Bahnhof nach Lübeck bringen. Selbst fahren, nein dazu ist sie zu aufgeregt. Es ist ja immerhin doch ihr Mann. Man trägt ja schließlich auch Verantwortung füreinander.

Mit dem ICE geht es auch sehr schnell, sodass sie nur einige Stunden nach dem Anruf vor der Klinik steht.

Sie erfährt auch gleich dass es kein Herzinfarkt sondern lediglich ein Schwächeanfall gewesen sei der Lutz zu Boden geworfen hat. Die Wunde an der Stirnseite war genäht worden und er ist auch schon wieder ansprechbar.

Der Oberarzt versuchte Tanja zu überreden auf Lutz einzuwirken dass dieser noch einige Tage in der Klinik zur Beobachtung bleiben solle, denn die Ursache für diesen Schwächeanfall sei noch nicht bekannt und außerdem kann so etwas jederzeit wieder auftreten sollte die Ursache nicht abgeklärt werden.

Außerdem sollte sich Tanja um den Jaguar kümmern den die Polizei abschleppen ließ und der jetzt auf einem bewachten Parkplatz abgestellt ist.

Beides sagte sie dem Oberarzt zu.

Als sie zu Lutz ins Zimmer trat findet sie einen vollkommen veränderten Mann vor.

Er starrt in die Luft, liegt apathisch im Bett, registriert auch ihr Kommen nicht. Sie tritt zu ihm ans Bett und sieht, dass in seinen Wimpern Tränen kleben. Seine Lippen zittern und seine Finger haben sich zu Fäusten verkrampft.

„Lutz, ich bin`s, Tanja. Was ist los mit dir. Was ist geschehen, wie kann ich dir helfen?"

Langsam, ganz langsam wie in Zeitlupe suchen seine Augen nach Tanja ohne seinen Kopf zu bewegen.

Mit gebrochener Stimme haucht er ein „verzeih mir Tanja", schließt seine Augen und verursacht erneut einen Tränenfluss.

Er dreht das Gesicht weg und verfällt in einen Weinkrampf der seinen gesamten Körper beben lässt.

Tanja greift nach seiner Hand, drückt sie, beugt sich über ihn und küsst ihn auf die Wange.

„Was soll ich dir verzeihen mein Schatz?"

Er entzieht ihr die Hand und spricht mit einer weinerlichen kindlichen Stimme zu ihr.

„Es ist alles vorbei, ich will nicht mehr leben. Ich war gemein zu dir, ich liebe jemanden Anderen und habe dich hintergangen. Lange Zeit schon. Es hat alles keinen Sinn mehr, jetzt wirst du sowieso alles bald erfahren, schmutzig und falsch, aber du sollst vorher die Wahrheit von mir erfahren, ich bin es dir schuldig. Danach werden sich unsere Wege trennen. Du kannst alles behalten, ich komm auch für dich auf, es soll dir an nichts fehlen, das bin ich dir schuldig, auch über meinen Tod hinaus."

Tanja wird es ganz heiß, sie weiß gar nicht wie ihr geschieht, sie will sich beherrschen obwohl sich bereits alles dreht, langsam fühlt sie auch den Hass aufsteigen, warum Hass, ich weiß doch noch gar nichts, es kann doch noch alles Gut werden - oder -. Sie zieht den Stuhl neben das Bett und ergreift erneut seine Hand. „Warum Trennung"? denkt sie „da gibt es doch noch andere Wege, oder?"

„So schlimm kann gar nichts sein das wir nicht gemeinsam durchzustehen werden", wendet sie sich erneut ihrem Mann zu. „Erzähl mir was ich wissen muss und was du mir sagen willst und kannst."

Der Blick von Lutz suchte Halt in den Bäumen vor dem Fenster und er begann die ganze Geschichte von Peer und ihm zu erzählen.

Ausdruckslos hört Tanja die Geschichte, ihre eigene Geschichte. Soll sie ihm jetzt gestehen dass auch sie seit Jahren ein Verhältnis mit dem Verwalter hat, dass sie aus diesem Grund auch nicht laufend auf den Sex von Lutz angewiesen war, hilft ihm das jetzt oder kommt es blöde, gerade jetzt.

Sie beschließt im selben Moment damit noch etwas zu warten.

„Hast du eine Ahnung wer den armen Jungen ermordet haben könnte?" will sie von Lutz wissen um nur etwas zu sagen.

„Nein, aber ist es dir egal dass ich ein Verhältnis mit einem Mann habe – hatte -?"

„Ob ich dir böse bin, oder ob es schrecklich ist dass du ein Verhältnis mit einem Jungen hast statt mit einer Frau ist jetzt doch erst einmal nachrangig, wichtig ist dass wir diese Mordgeschichte so schnell als möglich von der Backe bekommen oder nicht?

Du hättest schon längst mit mir darüber reden sollen, dann wäre ich nicht so doof vor dem Kriminaler gestanden. Aber das ist nun auch schon egal. Du musst auf jeden Fall so schnell als möglich zur Kripo und klar Schiff machen. Sie können dir ja nichts, es ist nicht verboten mit einem Studenten ein Verhältnis zu haben und ihn auszuhalten. Sie benötigen auch dringend seinen Namen damit man die Eltern verständigen kann denn bislang haben sie keine Ausweispapiere gefunden."

„Ja, ja, die leben in Simbabwe, ich habe die Nummer für alle Fälle von Peer bekommen. Sie wissen von unserem Verhältnis. Ich werde sie anrufen, das ist besser als durch die Polizei."

„Gut, ich werde mich jetzt um den Jaguar kümmern und heimfahren. Du bleibst noch ein oder zwei Tage hier, erholst dich, damit du vor allem vor der Polizei erstmals in Sicherheit bist und dich auf deine Aussagen vorbereiten kannst.

Willst du den Kommissar selbst anrufen oder soll ich für dich einen Termin vereinbaren?"

„Nein danke, das mache ich selbst, lass mir bitte die Nummer da."

Tanja kramt aus ihrer übergroßen gut gefüllten Börse die Nummer heraus, legt sie auf den kleinen Tisch neben dem Bett, drückt Lutz die Hand, und will sich ohne Kuss verabschieden.

Sie blickt in seine Augen und sagt:

„Mach dir wegen mir keine Gedanken, deine Geschichte mit Peer ist meine mit dem Verwalter. Ich wollte es dir nach der Ernte sagen dass ich mich von dir trennen möchte – aber im Guten. Also mach dir keine Vorwürfe. Wir sprechen daheim in aller Ruhe miteinander."

Sie lächelt, dreht sich um und verlässt das Krankenzimmer.

Lutz atmet schwer. Die Last des Verlustes seines Geliebten lastet schwer auf seiner Brust.

Nie wieder würde er diese samtigen Lippen küssen, nie wieder über den geschmeidigen Körper seine Finger gleiten lassen, nie wieder ins Ohrläppchen beißen und nie wieder diesen heißgeliebten Körper nehmen können. Tränen rinnen erneut ihm übers Gesicht. Allmählich begreift er die Reichweite des Ereignisses einen geliebten Menschen verloren zu haben. Verloren, für immer. Jetzt gerade jetzt wo sich alles zum Guten wenden sollte. Die Wohnung die gemeinsame Zukunft, ein Leben wie im Traum, mit dem Menschen den er so liebte, über alles liebte, für den er selber eher gestorben wäre als dass es diesem widerfahren ist.

Die bevorstehende Trennung von Tanja spielt hier keine Rolle mehr, sie ist nicht einmal zweitrangig, da sie gar nicht existent, ihn stört nicht, dass auch sie einen Liebhaber hat, ihn ist es nur Recht dass sie sich trennen will, nur er, er bleibt alleine zurück, das wird ihm jetzt bewusst.

Der Arzt kommt zur Visite, meint noch einen Tag mindestens und dann könne er nachhause.

Er verabreicht ihm nochmals eine Beruhigungsspritze und Lutz schläft ein. Es muss ein furchtbarer Traum sein der ihn aufwachen lässt. Schweißgebadet und völlig am Ende. Die Schwester steht neben ihm, versucht ihn zu beruhigen und flößt ihm nochmals ein paar Beruhigungstropfen ein.

Lutz ist am Ende. Er will nicht mehr leben. Für wen auch für was auch. Dieser Gedanke beginnt sich in sein Hirn zu fressen. Er will noch seinen Freund unter die Erde bringen, das nötigste erledigen und dann...., nur wie, das weiß er zu diesem Zeitpunkt noch nicht, aber es gibt immer einen Weg.

Jetzt aber muss er erstmals stark sein, damit er hier rauskommt. Er will das so schnell als möglich, er will auch helfen den Mord aufzuklären, zumindest soweit, soweit ihm das möglich ist.

Die Schwester bittet er um ein Telefon damit er vom Zimmer aus anrufen kann. Zwanzig Minuten später kann er bereits die Verbindung mit Simbabwe wählen.

Die nächsten Tage vergingen rasch. Das war auch gut so. Er erledigte alles mit einer Routine und ohne viel nachzudenken. Im Polizeipräsidium machte er seine Aussage zum Verhältnis mit Peer und über die geplante Zukunft, hinterlegt sein Alibi für den Zeitraum des Mordes und kann den Beamten zum Motiv auch leider keinerlei Angaben machen. Wie sie, tappt auch er im Dunkeln. Er kannte Peer und doch auch wieder nicht. Was wusste er von Freunden, was wusste er vom Studium, was wusste er von der Zeit die sie nicht gemeinsam verbrachten. Er wusste gar nichts. Der größte Schock ist allerdings die Tatsache dass sein geliebter Peer am Tag des Mordes nicht allein gewesen ist, er hatte also Sex mit mehr als einem Mann.

„Warum genügte ich ihm nicht"? Diese und ähnliche Fragen schossen ihm durch den Kopf.

„Konnte es nicht doch eine Vergewaltigung sein"? Auch diese Frage stellte er sich insgeheim.

„Nein", der Hauptkommissar hat ihm mitgeteilt dass keinerlei Verletzungen im Analbereich nachgewiesen werden konnten − „also hatte er doch Spaß daran, warum"?

„War es das erste Mal oder hatte er noch mehrere Lover neben ihm". Alle möglichen Gedanken kommen auf. Er war immer der Ansicht dass er Peer alles geboten hatte was dieser wollte und brauchte. Sei es sexuell wie auch finanziell.

Sollte er den Beamten gleich unaufgefordert von der Wohnung in Timmendorf erzählen oder sollte er zuerst alleine in die Wohnung. Er beschließt für sich dass er zuerst alleine die Wohnung aufsuchen will.

Aber als der Kommissar nach der Anschrift des Toten fragt, kommt er nicht umhin ihm diese zu benennen und auch den Schlüssel hierfür auszuhändigen. Da es sich um die gemeinsame Wohnung handelt und auch persönliche Dinge von Lutz dort vorzufinden sind will er bei der Durchsuchung anwesend sein.

Man gestattete ihm dieses.

Nach Abschluss der Durchsuchung, die für den ersten Moment nichts Ungewöhnliches brachte, bemerkte Hauptkommissar Müller zu seinem Kollegen "der war doch eine Nutte, oder glaubst du dass er nur den Grafen, oder was der auch immer ist, hatte?"

"Nein, ich glaube auch dass wir da noch einiges an den Tag hochkommen lassen. Mir scheint auch der Alte zu aalglatt. Seine Frau hat auch nichts gewusst und ich werde das Gefühl nicht los dass ihr das Verhältnis des Mannes egal ist. Sie scheidet meiner Meinung nach als Täterin aus. Aber was hat hier schon meine bescheidene Meinung zu suchen" meint er.

"Ist der Alte schon fort?" will Sauerbier wissen.

"Ja, er ist am Boden zerstört, gefällt mir gar nicht, dass da mal nichts nachkommt" gibt Müller zurück.

"Nein glaub ich nicht, diese Typen mit Geld kaufen sich doch in Kürze gleich wieder einen neuen Spieljungen."

"Mich würde mal interessieren was die so treiben die Schwuchteln. Die wollen doch auch nur ficken, aber für die bleibt doch nur der Arsch - einfach dreckig oder -?"

"Red´ doch keinen Stuss, du fickst doch deine Alte auch zur rechten Zeit in den Arsch, das ist doch geil, das Loch ist noch enger als ihre Fotze, hast du doch mal selbst festgestellt. Und solche Gefühle werden die auch haben, denk ich mal. Und blasen werden sich die auch gegenseitig. Darauf bin ich echt neidisch.

Das macht meine nicht mehr, schon lange nicht mehr und ich glaub auch, die können es auch nicht so gut wie ein Kerl, denn der weiß ja selbst was einem guttut."

"Du bist ein Arsch" sagt Müller, "Bei uns ist das doch was anderes, was ganz anderes, oder lässt du dir wohl auch von so einem den Schwanz blasen?" und beendet das nicht allzu angenehme Gespräch.

Während der ganzen Zeit suchen die Beiden weiter, nach "Irgendetwas" und doch nach "Nichts".

"Der Kerl muss doch einen Computer haben" zischt Sauerbier, "wo ist der bloß?, das kann mir doch keiner erzählen dass ein Student ohne so einen Scheißding auskommt."

"Hast du im Bericht gelesen ob man den vielleicht im Auto gefunden hat?"

"Nein, aber ich ruf mal an" sagt Müller und wählt eine Nummer auf seinem Handy.

Sauerbier sucht derweil weiter. Er kommt nochmals in Schlafzimmer, öffnet Schränke, Laden, sieht unters Bett und wird fündig.

"Da sieh einer an, also doch Drogen." Er dreht das gefundene braune Fläschchen im Licht hin und her, steckt es in eine kleine Plastiktüte und legt es auf den Nachttisch.

Er wandert langsam weiter ins angrenzende Badezimmer.

Er bleibt stehen, schüttelt den Kopf, zählt die Dosen und Flaschen mit Cremen und Parfumes, Lidschatten, Puder in mehreren Schattierungen, Pinsel und Ringe aus Gummi und Metall in verschiedenen Größen und Farben.

Für was man die gebrauchen kann bleibt ihm erstmals verborgen.

Er öffnet eine weitere Lade und fängt zu Lachen an.

"Komm mal rüber Andreas, das glaubst du nicht, einen Schub voller Schwänze in allen Farben und Größen. Was brauchen diese Kerle Gummischwänze, von denen hat doch jeder selber einen."

Müller kommt, wirft einen Blick in die Lade, zuckt mit den Schultern "weiß ich auch nicht, pervers eben."

"Ruf nochmals im Präsidium an und fordere die Mannschaft zur Spurensicherung an."

"Soll der Doc auch nochmals kommen?"

"Warum?"

"Na der kennt sich doch in dieser Szene bestens aus, der kann dir bestimmt alle deine Fragen beantworten."

"Nein, lass den bloß weg, auch der Staatsanwalt braucht noch nichts zu wissen, erfährt es noch früh genug."

"Alles klar."

Kurze Zeit darauf kommt er zurück.

"Die sind unterwegs, und im Kofferraum des Porsches haben sie eine Computersteckkarte gefunden. Es muss also einen geben, aber war nicht im Wagen. Die Karte versuchen sie derzeit auszulesen, ist abgesichert, dauert noch, rufen mich aber gleich an sobald sie was wissen."

"Du bleibst hier, ich fahre zurück ins Präsidium."

Als Müller dort eintraf überschlugen sich bereits die Ereignisse. Die Karte konnte gelesen werden. Er lief sofort ins Büro und bat um die Details.

Der Kollege schaltet den Computer an, steckt die Karte ein und es erscheinen verschiedene Dateien.

"Allesamt Bilddateien" erklärt er, "insgesamt mehr als fünfundzwanzig verschiedene Aufnahmen. Auf einigen ist dieser Peer zu sehen auf den anderen Bildern lauter Unbekannte."

"Schon gut" drängt Müller, "mach sie auf, lass sie mich sehen."

Das erste Bild lässt ihn bereits erschauern. Ein junger Mann an ein Holzkreuz mit Händen und Beinen gebunden, den Kopf auf der

Brust, der Körper leicht nach vorne gebeugt, Blut zwischen den Beinen und keine Genitalien mehr.

"Sauerei."

Die Serie der nächsten fünf Bilder zeigt denselben Jungen jedoch noch mit Geschlechtsteil in erregtem Zustand, steif und prall -
"dem hat das doch Spaß gemacht oder irre ich mich -"
Ein anderes zeigt ihn frei hängend in lauter Stricken, umringt von mehreren etwas korpulenteren Männern, alle in schwarzer Lederkleidung und nicht zu erkennen. Der eine hat ihm seinen Schwanz in den Mund gesteckt und der andere seinen Schwanz in seinem Arsch versenkt. Zwei weitere Männer stehen dabei und wichsen sich ihren Schwanz.

"Perverse Schweine."

Auf den nachfolgenden Bildern nochmals die gleichen Szenen, aber mit anderen jungen Männern, immer das gleiche Schema, zuletzt ohne Genitalien - wahrscheinlich tot.

Müller fällt auf, dass bei jeder Serie auch immer wieder dieser Peer zu sehen ist. Immer auf dem letzten Bild, oder sollte es das anfängliche sein, denn er lutschte immer am Anfang den Schwanz des Opfers, und die Anderen sahen zu, in langen schwarzen Kleidern mit Kapuzen auf dem Kopf mit Löchern darin um alles genau zu verfolgen.

"Verdammt, wer sind die Kerle, da kann man ja keine Gesichter erkennen. Es muss noch mehrere Bilder geben, das macht so keinen Sinn. Wir müssen versuchen alleine über die Bilder der Opfer an deren Namen zu kommen. Die einzige Möglichkeit.
Scheiße, Scheiße, rufe bitte den Krisenstab zusammen. Jetzt geht´s los. Wahrscheinlich noch fünf Tote - und keinen Mörder oder keine Mörder."

"Vielleicht sind die nicht tot, wir haben noch keine Vermisstenanzeigen" meinte der Kollege vom Erkennungsdienst.
"Doch, die leben nicht mehr, das hab ich im Urin."

Eine tiefe Stimme mit Akzent meldet sich auf Englisch und deutet an dass es sich um den Diener handelt.
"Kann ich bitte Frau von Langkowski oder den Herrn Konsul sprechen? Ich bin Lutz von Wallenfels."
"Es ist nur die gnädige Frau anwesend, einen Moment ich verbinde sie."
Lutz hört das Knacken, er denkt, oh Gott was für eine alte Leitung, o.K. ich rufe im tiefsten Afrika an.
"Hallo Lutz" meldet sich eine freundliche helle gut gelaunte Frauenstimme. "wie schön dass du anrufst, seid ihr wohl schon gelandet, aber Papa ist noch gar nicht da. Ihr wolltet doch erst nächste Woche kommen.
Nehmt euch einfach doch ein Taxi oder bleibt noch eine Nacht in der Stadt, dann lasse ich euch morgen abholen, ja?"
Lutz nimmt den Hörer vom Ohr, blickt diesen ungläubig an, bringt ihn zurück ans Ohr und antwortet.
"Nein wir sind nicht am Flughafen, nein, ich liege hier im Krankenhaus und Peer ist und Peer ist"....
er bringt es in diesem Augenblick nicht fertig die Wahrheit zu sagen.
"Oh mein Gott, ihr hattet einen Unfall, wie schrecklich, was ist mit Peer, ist er auch in der Klinik oder?"
"Nein, ja, nein, ihm geht`s gut" lügt er, ich ruf nur an um zu sagen dass wir nicht kommen, du weißt schon, Peer muss noch einiges an der Uni erledigen."

"An der Uni erledigen? Was meinst du damit? Hat er da jetzt einen Job? Der Schlingel, will uns wohl überraschen? Na gut, ich verrate nichts. Wann kommt ihr dann?"

"Keine Ahnung, in den nächsten Wochen - oh mein Gott was rede ich da nur- wir sagen euch noch rechtzeitig Bescheid."

"Ja das ist gut, das freut mich, also dann bis bald mein Lieber, und grüße Peer recht herzlich und gib ihm bitte einen dicken Kuss von seiner Mutter, ja tust du das Liebling? Und dir gute Besserung."

"Ja klar. Tschau."

Er legt den Hörer aufs Bett, schließt die Augen, Tränen rinnen über die Backen.

„Was bin ich für ein feiges Arschloch dass ich ihr nicht die Wahrheit gesagt habe, aber was soll das ganze Gefasel vom Kommen, und vom Job an der Uni. Wissen die wohl nicht dass ihr Sohn studiert?

Und warum weiß ich nicht dass wir eigentlich nach Afrika fliegen wollten."

„Wer spielt hier welches Spiel?"

Teil 2

Langsam suchen sich die Scheinwerfer des Mercedes Geländewagens wie zwei helle Finger den Weg über den steilen steinigen schmalen Weg den Berg hinauf. Immer wieder gerät der Wagen ins Schlingern da die Reifen oftmals in die vom Wasser ausgewaschenen Furchen rutschen.

Der Fahrer richtet seinen Blick gebannt auf das kurze Stück Weg das jeweils sichtbar ist. Er ist angespannt, gedankenverloren und still.

Eine außerordentliche Zusammenkunft hat er einberufen. Ein schwerer Schritt. Es ist viel passiert, es muss eine Entscheidung getroffen werden.

"Verdammt" schreit er auf, tritt auf die Bremse, zu spät. Mit Wucht knallt die Gämse gegen seine linke Wagentüre. Der Mercedes wird aus der Bahn gedrängt und nähert sich bedrohlich dem Abgrund. Hellwach versucht der Lenker die Kontrolle über das Fahrzeug wieder zu gewinnen. Blankes Entsetzen steht ihm ins Gesicht geschrieben. Der Sand, die Steine, sie befördern ihn immer näher an den Rand des Abgrunds, er kann nicht mehr gegensteuern, die hellen Finger verlieren sich bereits im Nichts.

Mit einem Gefühl aus dem Bauch versucht er die Türe zu öffnen, sie klemmt - wahrscheinlich hat die Wucht des Aufpralls der Gämse die Tür verformt - Gedanken, die er nicht mehr denkt entschlüpfen seinem Gehirn, alles dreht sich vor ihm, er denkt er bekommt einen Schwächeanfall, aber nein,

der Wagen stürzt bereits den steilen Abhang hinab, überschlägt sich wieder und immer wieder.

Türen springen auf, Gegenstände wirbeln durch die Luft, Äste brechen, dumpfe schlagende Geräusche sind zu hören.

Dann Stille - nur irgendwo schreit ein Kauz.

Zwischenzeitlich wurde es zehn Uhr. Die fünf Männer in der Jagdhütte am Obersalzberg werden langsam unruhig.

"Wo bleibt er nur verdammt noch mal. Erst setzt er die Zusammenkunft als dringend an, dann kommt er nicht."

"Weiß eigentlich jemand warum wir uns treffen? fragt ein anderer Mann der gerade ein Glas Wein auf den Tisch zurückstellt.

Alle Fünf sehen sich an, schütteln den Kopf langsam und setzen die begonnene Unterhaltung fort.

"Mir reicht´s jetzt, ich warte noch zehn Minuten, dann fahre ich, hab schließlich morgen einen anstrengenden Tag in der Klinik vor mir. Drei Operationen an der Brust und zwei am Bauch."

"Na da kassierst du ja wieder ganz schön ab" meint einer der Fünf.

"Brauch auch die Kohle" entgegnet der Andere.

Schweigend saßen sie nun beieinander.

"Also, ich breche jetzt auf. Wenn er kommt sagt ihm dass er mich anrufen soll, dann kann ich ja auch noch erfahren was es so dringendes gibt. Ansonsten treffen wir uns am Freitag nächster Woche sowieso wieder. Also Freunde bis dann."

Er dreht sich um, nimmt seine Jacke und seinen Trachtenhut vom Haken und verlässt die Jagdhütte.

"Verdammt finster. Hoffentlich kommt er mir nicht entgegen. Auf dem schmalen Weg kann ich kaum ausweichen" brummt er leise vor sich hin. Er geht zu seinem BMW Geländewagen, steigt ein, schaltet das Fernlicht an, startet den Motor und fährt langsam talwärts.

Nach weniger als einem Kilometer erkennt er nach einer Kurve einen schwachen Lichtstrahl unterhalb des Weges.

Da kommt er also doch noch - Scheiße - na ja, gleich kommt die Kehre, da kann ich ja wenden.

Er fährt langsam weiter, nach der nächsten Kurve stellt er fest, dass sich das Licht nicht verändert hat.

"Da stimmt doch was nicht" grummelt er. Klammert das Lenkrad fester, drückt leicht auf das Gaspedal um schneller talwärts zu kommen.

Er bremst abrupt ab, denn in der Kehre liegt ein großes totes Tier - eine Gämse -.

Sein Blick geht nach links - er sieht die niedergewalzten Büsche, zieht die Handbremse an, öffnet ganz langsam die Tür und steigt in Zeitlupentempo aus, geht auf den Abhang zu und erkennt den Mercedes seines langjährigen Freundes.

Das Herz scheint einen Augenblick auszusetzen, alles Blut weicht aus ihm, der Magen zieht sich zusammen, er würgt um sich nicht zu übergeben.

"Franz, Franz wo bist du, hörst du mich. Hallo, hallo Franz sag doch was, was ist passiert?"

Aber Franz gibt keine Antwort.

Er weiß dass etwas Schreckliches geschehen ist. Hinabsteigen kann er nicht, das ist zu gefährlich. Was soll er tun, ja, er muss Hilfe holen.

Scheiße, die Gams liegt im Weg, denkt er, das Beste ist ich fahr zurück und hol die Anderen. Dann können wir uns abseilen und nachsehen was mit Franz ist, oder noch besser wir rufen die Bergwacht.

Er springt ins Auto, versucht durch mehrmaliges rangieren das Fahrzeug wieder bergwärts zu lenken und fährt zurück zur Hütte.

Dort hechtet er die drei Stufen hinauf, reist die Tür auf und blickt in erschrockene Gesichter, die den vier Freunden gehören die gerade auch die Hütte verlassen wollen.

"Der Franz, der Franz liegt mit seinem Auto im Abgrund an der Kehre, ich glaub der ist tot."
Blankes Entsetzen spiegelt sich in den Gesichtern wider. Poltern eines Stuhles, Herbert will sich setzen, wirft dabei aber den Stuhl um und Gottlieb wimmert "jetzt ist alles vorbei".
"Halt die Klappe" schreit Markus. "Lasst uns mal überlegen was zu machen ist. Nur keinen unüberlegten Schritt, das wäre gefährlich."
"Rufen wir die Bergwacht, die kümmert sich um ihn, vielleicht lebt er ja noch" wirft Gottlieb ein.
"Blödsinn" entgegnet Markus. Wenn die ihn finden und wir sind dabei, dann sind wir in Erklärungsnot warum wir uns hier mitten in der Nacht treffen. Es ist keine Jagdzeit."
"Du hast recht" erwidert Herbert. Ich will nicht mit ihm in Verbindung gebracht werden."
"Also Stillschweigen. Das Treffen am Freitag lassen wir ausfallen. Und kein Wort zu irgendjemand.
Wir kennen ihn nicht." Marcus sieht dabei die anderen mit eisigem Blick an.
"Aber alle wissen, ich bin doch sein Freund" meint Herbert.
"Ja, aber halt einfach die Klappe. Du kennst uns nicht. Ist das klar?"
"Ja."

Tagelang konnte Michael nicht schlafen. Auch Tags fiel ihm der Job schwer. Er konnte ihn nicht vergessen, den Mann bei dem schon der Gedanke an ihn eine Gänsehaut auf die Arme zeichnet.

Diesen Mann, der ihm die Luft zum Atmen raubt, den er riecht obwohl er ihn nicht sehen kann, der jede Nacht seine Träume bestimmt, diesen Mann den er liebt, ohne zu wissen ob er ihn wiedersehen wird.

Er hat sich nicht wie versprochen auf der Heimfahrt bei ihm gemeldet. Das tat weh, verdammt weh. Jedes Mal wenn das Telefon läutete fuhr er zusammen. Aber nie war es der erwartete Anruf.

Was konnte er tun? Er wollte ihn nochmals treffen, ihm seine Liebe gestehen, nur noch einmal seine Lippen spüren und sich nur einmal ganz vergessen.

Er war derzeit zu keiner Arbeit zu gebrauchen.

Thorsten Bethmann, leitender Staatsanwalt in München und somit Vorgesetzter von Michael konnte das Leiden von Michael nicht mehr ansehen und wollte als väterlicher Freund helfen.

Er selbst war nicht verheiratet und hatte keine Kinder. Darum sah er in Michael eine Art Sohn auf den er sein ganzes Augenmerk legte. Er war auch sein Mentor, er wollte ihn als seinen Nachfolger sehen.

„Es ist bestimmt Liebeskummer. Meldet sie sich nicht mehr oder ist sie schwanger? Junge, es kann gar nicht so schlimm sein als dass du damit nicht fertig wirst. Glaub mir, Angriff ist immer gut. Ruf sie an. Verabrede dich zum Essen. Du wirst sehen, alles löst sich in Wohlgefallen auf."

„Ach Thorsten, wenn das alles so einfach wäre. Wir hatten ja nur einmal Kontakt. Ich kenn nur den Vornamen und die Automarke und die Stadt in der der Wagen zugelassen wurde. Nicht einmal die Telefonnummer kenn ich."

„Ja Michael, das ist in der Tat nicht viel, möchte fast sagen sehr wenig. Aber wir sind doch hier bei der Staatsanwaltschaft. Da dürfte es für dich doch eine Kleinigkeit sein den Rest herauszubekommen."

„Aber das ist doch nicht erlaubt, vergisst du den Datenschutz?"

„Papperlapapp, da sie versprochen hat sich zu melden und das nicht gemacht hat könnte es doch auch sein dass ihr was zugestoßen ist, und da ist es ja schon fast unsere Pflicht tätig zu werden, oder liege ich da falsch?"

„Nein du liegst richtig vollkommen richtig und du bist Klasse."

„Hau ab und komm erst wieder wenn du einen klaren Kopf hast."

Gerade als Michael das Büro des Staatsanwalts verlassen wollte öffnete ein Kollege die Türe.

„Habt ihr schon gehört, der Franz hat einen Unfall gehabt, er ist in Berchtesgaden mit seinem Auto einen Abhang hinab gestürzt. Er ist tot."

Die Türe schloss sich wieder. Bethmann saß da, sah Michael an, dem alles Blut aus dem Gesicht gewichen war, und wusste dass diese Nachricht den jungen Mann richtig getroffen haben musste.

„Oh Gott, vor ein paar Tagen erst haben wir noch über ein Fall gesprochen und jetzt ist er tot. Kanntest du ihn auch?"

„Nein" log Michael, aber ich bin immer erschüttert wenn ein Mensch stirbt."

Langsam zog er sich aus dem Zimmer zurück. Draußen musste er sich gegen die Wand lehnen, er schluckte, die Füße begannen zu zittern, ihm wurde schlecht und er konnte seine Tränen nicht mehr zurückhalten. In Zeitlupe rutschte er die Wand hinab und saß am

Boden, die Hände vor den Augen und seine Gefühle übermannten ihn.

„Franz ist tot" flüsterte er leise. Warum verlor er derzeit alle Menschen die ihm etwas bedeuteten. Zuerst Lutz den großen Unbekannten und jetzt Franz, seinen wie sollte er ihn jetzt nennen?

Er lernte Franz vor Jahren durchs Internat kennen. Nachdem seine Eltern bei einem Autounfall in Afrika ums Leben gekommen waren, wurde er vom Bruder seiner Mutter im Internat in Bayern angemeldet.

Dort freundete er sich bald mit einem anderen Jungen an, dessen Eltern sich auch nicht um ihn kümmern konnten. Zu den Besuchstagen kam dann der Onkel Franz, der richtige Onkel des anderen Jungen, und nahm auch schon mal beide Burschen zu einem Ausflug mit. War ganz toll erinnert sich Michael. In den Ferien flog der Neffe von Franz zu seinen Eltern nach Afrika. Michael hatte wenig Geld, und versuchte daher in den Ferien sein Taschengeld aufzubessern indem er jobbte. Franz bekam das mit und wollte das nicht. Er hatte genug Geld um Michael mit in die Toskana zu nehmen. Arbeiten konnte er danach immer noch. Außerdem sollte er die Zeit lieber nutzen und für die Schule lernen, denn Franz erkannte dass Michael ein heller Kopf ist und nicht unbedingt so ein Hallodri wie sein Neffe.

So kam es das Michael mit Franz in die Toskana reiste. Dort besaß Franz ein kleines Anwesen das ein älteres Ehepaar während seiner Abwesenheit beaufsichtigte und die dann Urlaub machten wenn Franz da war. Er liebte es alleine zu sein. Er wollte kochen und faulenzen, ab und zu ausgehen und das süße Leben genießen. Jetzt hatte er noch eine zusätzliche Aufgabe. Er durfte sich um Michael kümmern. Er zeigte ihm Verona, Siena und fuhr mit ihm ans Meer. Die Tage vergingen wie im Flug. Franz mutierte wieder zum Primaner und Michael genoss es. Michael fühlte sich bei Franz geborgen, sprach offen mit ihm über all seine Probleme. Sein größtes Problem war das Alleinsein. Besonders an diesem Abend, so lau, der Himmel voller Sterne, romantische Musik aus dem Radio und dazu ein Glas guten Rotwein.

Michael hatte heute Geburtstag – seinen siebzehnten Geburtstag - und er war alleine auch ohne Franz. Dieser hatte den ganzen Tag über keine Anstalten gezeigt an seinen Geburtstag zu denken. Das machte ihn so alleine und so einsam. Er konnte und wollte ihm keinen Vorwurf machen, er wusste es zwar, aber immerhin war er kein Verwandter, sondern nur ein Freund.

Er träumte vor sich hin, saß bequem im Sessel und nippte ab und zu am Wein als er plötzlich aufschreckte als Franz neben ihm stand, ihn anlächelte und meinte er müsse nicht glauben dass er seinen Geburtstag vergessen habe. Nein, er wollte den richtigen Moment abwarten und dieser schien genau jetzt der richtige zu sein. Franz kniete sich neben den Sessel, legte ein kleines schön verpacktes Päckchen auf Michaels Schoß, berührte mit seiner Hand Michaels Backe, streichelte sie sanft mit dem Daumen und seine Lippen formten Worte die von ganzem Herzen kamen und ihm alles Gute zum Geburtstag wünschten. Dabei sagten seine Augen aber mehr als seine Lippen und Michael sah das.

Er war dennoch sprachlos, so zärtlich und gefühlvoll hatte er Franz sich gegenüber noch nie gesehen. Ein Schauer durchlief ihn, ein angenehm warmes Gefühl ließ ihm die Röte in sein Gesicht aufsteigen. Er konnte nicht antworten, seine Kehle war wie zugeschnürt, nur seine Augen versanken in den großen dunklen Augen von Franz, und dieser schien ihn ganz in sich aufzusaugen.

Michael glaubte schon eine Ewigkeit so unbeweglich zu sitzen als er merkte wie sich der Kopf von Franz langsam senkte und dessen Lippen ihm immer näher kamen, bis sie ganz zaghaft die seinen berührten. Es war nur ein kurzer Augenblick. Dieser aber genügte um in Michael ein Feuerwerk zu entzünden. Er wollte ja eigentlich nichts anderes. Er stellte das Weinglas auf den Boden und griff mit beiden Händen den Kopf von Franz. Langsam zog er diesen fest ans sich, sodass aus der zärtlichen Berührung der Lippen von eben ein leidenschaftlicher Kuss wurde.

Vergessen war das Geschenk, vergessen Zeit und Raum, die Liebe hielt Einzug in seinem Herzen.

Franz stand langsam auf, zog Michael aus dem Sessel und schloss ihn fest in seine Arme. Michael ließ es geschehen. Er war nicht mehr allein und einsam.

In dieser lauen Sommernacht wurde Michael zum Mann.

Er genoss alle Formen der gleichgeschlechtlichen Liebe bot seinen Körper immer wieder aufs Neue an, ließ sich von Franz verwöhnen und schlürfte dessen Sperma als ob es Champagner wäre. Diese Nacht war auch der Beginn seiner ersten großen Liebe.

Ja, er liebte diesen älteren Mann, nicht als Ersatz für seinen Vater, nein als seinen Liebhaber, als seinen Mann, und das sollte auch eine ganze Zeit so bleiben.

Nachdem Michael das Internat verlassen hatte und in München das Studium begann, zog er zu Franz in die Villa. Alle Welt glaubte der Franz ist der Onkel von Michael, und so störte sich niemand am Verhalten der Beiden.

Franz war es auch, der Michael das Jurastudium ermöglichte. Er sah in ihm schon den Richter, seinen Nachfolger.

Bis auf ein paar „schnelle Nummern" auf der Uni-Toilette, er war ja schließlich jung und voller Saft, blieb Michael Franz immer treu.

Er liebte ihn, fühlte sich total verstanden und glaubte dass auch Franz so dachte.

Doch dann kam die Nacht im Mai vor drei Jahren. Michael absolvierte sein Gastsemester an der Uni in Paris. Er kam in dieser Zeit nur selten nach München. Er vermisste Franz und beschloss den Nationalfeiertag Frankreichs für einen Trip in die Heimat zu nutzen. So kam er unangemeldet nach München, er wollte Franz einfach überraschen. Wie würde sich der freuen.

Der Flieger war pünktlich und vom Flughafen aus nahm er sich ein Taxi und konnte es kaum erwarten Franz in seine Arme zu nehmen um mit ihm eine heiße Nacht zu verbringen. Franz war ein sehr zärtlicher Liebhaber, niemals hätte er etwas getan, was Michael nicht selber wollte.

Er ließ das Taxi weit vor der Villa halten, stieg aus, bezahlte und steuerte den Seiteneingang des Gartens der Villa an, so konnte er Franz schon im Wohnzimmer sehen und die Überraschung würde perfekt sein wenn er an die Scheibe klopfen würde.

Aber er fand die Villa dunkel. Nur der Jeep von Franz stand in der Auffahrt. Seltsam, also musste er doch zuhause sein, aber warum brannte kein Licht, schlief er schon, nein niemals um diese Zeit.

Er lief ums Haus, suchte den Hausschlüssel in seiner Tasche und schloss die schwere Holztür auf, trat in die Diele, schmiss seine Tasche in die Ecke und betrat das Wohnzimmer das sich gleich an die Diele anschloss. Er griff nach dem Lichtschalter und als das Licht aufflammte konnte er halb gefüllte Trinkgläser, eine Flasche Champagner und volle Aschenbecher sehen. Er roch auch noch nach Tabak. Kein kalter stinkender Rauch, nein angenehm. Also war Franz und vielleicht seine Gäste noch da, oder erst vor kurzer Zeit vielleicht zu einem Spaziergang aufgebrochen.

Spazierengehen war jedoch nicht die Art von Franz. Auch hatte er keine weiteren Autos in der Einfahrt bemerkt, aber eigentlich hatte er auch nicht darauf geachtet.

Von irgendwoher kam ganz leise Musik. Ihn überzog eine Gänsehaut und er machte sich auf die Suche nach Franz. Er ging zurück in die Diele. Von hier führte die Freitreppe in das Obergeschoss der Villa.

„Franz bist du da" rief er in die Halle hinein. Keine Antwort. Er lauschte wieder. Da waren sie wieder, die Musikfetzen. Er glaubte sie kämen aus dem Keller. Im Keller gab es den Partyraum, die Sauna und das Schwimmbad. Er lachte, wahrscheinlich genießt er mit Freunden einen Wellness Abend.

Michael ging zurück ins Wohnzimmer, goss sich ein Glas Champagner ein, strich sich durch das Haar, trank einen kräftigen Schluck und machte sich mit dem Glas in der Hand auf zur Kellertreppe. Er öffnete die Tür ganz behutsam, er wollte Franz ja überraschen und nicht als Einbrecher gelten. Als die Kellertüre aufschwang glaubte er sich in einem falschen Film. Im Kellerabgang war es dunkel, nur auf den einzelnen Stufen brannten Kerzen. Er sah nochmals hin, schwarze Kerzen. Die Gänsehaut kam zurück. Was sollte das. Jetzt hörte er wieder die Musik. Nein es war keine Musik es hörte sich an wie Wimmern und Stöhnen und dann plötzlich dieser erstickende Schrei. Der Schrei eines Menschen.

Michael stand wie angewurzelt. Er lauschte nochmals, er hörte Lachen, das beruhigte ihn wieder, er fasste sich ein Herz und stieg die Stufen hinab.

Dann ging alles schnell, sehr schnell viel zu schnell.

Am Ende der Treppe hatte er den Blick frei in den Saunabereich.

Dort, in der durch schwaches Kerzenlicht ausgeleuchteten Dusche war ein männlicher Körper nackt mit einer Kapuze über dem Kopf an den Duschstangen festgebunden. Vor ihm kniete ein viel zu dicker nackter Männerkörper. Auch er hatte eine schwarze Kapuze über den Kopf gesteift und die in schwarze Latexhandschuhe verpackten Hände bearbeiteten den Schwanz und den Sack des angebundenen Mannes. Der Figur nach musste es sich bei dem angebundenen Lustobjekt um einen sehr jungen Mann handeln.

Diesem schien die Situation nicht widerlich zu sein, denn an den Bewegungen konnte man deutlich sehen dass er sogar Gefallen daran hatte.

Auf einer Bank lag der nächste nackte Körper. Ebenfalls ein junger Mann mit blondem Haar. Er wurde von einem etwas fülligen Körper mit Kapuze ausgiebig gefickt, während er selbst die Eier eines weiteren Mannes der über ihm stand massierte und dieser seinen Schwanz in den Mund des Gefickten trieb. Daneben stand der fünfte Mann, starrte auf das Trio und wichste sich dabei.

Alle waren in ihr Spiel so vertieft, stöhnten, stießen kleine grelle Schreie aus und bemerkten nicht was um sie herum geschah.

Im letzteren erkannte Michael den Franz. Seinen Franz wie er ihn nie kannte. Seine Welt begann einzustürzen. Das alles geschah so schnell. Es waren nur Augenblicke, aber diese reichten aus um eine Liebe zu ersticken. Michael fiel das Weinglas aus der Hand und schlug klirrend auf dem Steinboden auf. In diesem Augenblick trafen sich die Augen von Franz mit den gebrochenen von Michael.

Er sah noch das Entsetzen in den Augen von Franz aufblitzen, dann machte er auch schon kehrt, lief die Stufen hinauf, suchte seine Tasche, griff sie und verließ die Villa für immer.

Franz hatte oft versucht wieder den Kontakt zu Michael aufzunehmen. Vergebens. Michael konnte und wollte nicht mehr. Er war für ihn verloren.

Für Michael selbst brach damals eine Welt zusammen. Alle Kraft die ihm verblieb steckte er in sein Studium. Das Geld dafür nahm er nicht mehr von Franz, sondern aus Nebenjobs, manchmal auch aus nicht lupenreinen. Ging er mit Männern aus, war nie wieder das Herz dabei, einfach nur Sex als bezahlte Arbeit.

Freunde von ihm holten seine Habe aus der Villa und er bezog ein kleines Zimmer am Gärtnerplatz.

Er merkte er fühlte sich wohl im Schwulenviertel des Millionendorfes.

Franz hat er nie wieder getroffen. Wo es ging machte er einen Bogen um ihn und jetzt saß er auf dem Flur der Staatsanwaltschaft, hat vom Tod seiner großen Liebe erfahren und kann seine Tränen nicht zurückhalten.

Während seine Gedanken in der Vergangenheit weilten starrte auf seine goldene Rolex, das Geschenk zu seinem siebzehnten Geburtstag das ihm Franz machte, in der Nacht in der sich zum ersten Mal verliebte und die eine große Liebe begann.

Auf dem Boden sitzend, mit Tränen die über sein Gesicht liefen, so fand ihn Thorsten.

Er zog ihn hoch, führte ihn zurück ins Zimmer und versuchte ihn zu beruhigen. Auf all seine Fragen erhielt er keine Antworten.

Michael blieb stumm und schüttelte nur immer wieder den Kopf.

Thorsten konnte ihm nur raten die eben angebotenen freie Tage zu nehmen um sich zu erholen.

In den frühen Morgenstunden war der Jeep mit dem Leichnam von Franz von einem Förster gefunden worden. Die anschließenden Ermittlungen verliefen im Sand. Kein Fremdverschulden, alles deutet auf einen Unfall hin, verursacht von der Gams, die wohl dem Richter direkt ins Auto gelaufen war, dieser verlor die Gewalt darüber und stürzte mit dem Fahrzeug den Abhang hinunter.

Nicht angeschnallt wie er war, wurde er im Wagen hin und her geschleudert und brach sich das Genick. Er musste sofort tot gewesen sein. Weitere Ermittlungen wurden durch die örtliche Polizei nicht geführt. Seine anderen Freunde blieben unerkannt. Ungeklärt blieb auch die Frage, was Franz ihnen eigentlich sagen wollte.

Die Beerdigung konnte noch nicht veranlasst werden da die Familie von Franz noch zu verständigen war. Die Angehörigen lebten nicht in dieser Gegend. Diesbezüglich nahm man auch Kontakt zu Michael auf, da man wusste dass er dessen Neffe ist und er ja jahrelang mit ihm gemeinsam in der Villa wohnte. Der stellte aber sofort klar dass er nicht zur Verwandtschaft zähle, er sei von Franz nur aus einer Laune heraus unterstützt worden und da auch der leibliche Neffe im Anfang mit im Haus lebte, sprach man ihn halt als Onkel Franz an. Richtige Neffe derzeit aufhält, viel zu lange hatte er schon keinen Kontakt zu ihm. Nur dass Franz einen Bruder oder eine Schwester in Afrika habe, die irgendwie im diplomatischen Dienst stehen, das konnte er der Polizei sagen, aber auch nicht wo genau, und außerdem interessierte ihn das auch nicht mehr.

Nein, jetzt war es vielmehr an der Zeit sein Leben selbst in die Hand zu nehmen und zu handeln, genauso wie Thorsten es vorgeschlagen hatte. Alle Brücken zur Vergangenheit waren abgebrochen.

Am nächsten Tag nahm er wieder seinen Dienst in der Staatsanwaltschaft auf. Dort begann er sofort nach „Peter" zu suchen. Er schaltete den Polizeicomputer an und gab die wenigen

Details ein die er noch wusste. Was war ihm im Gedächtnis geblieben, der grüne Jaguar, der Zulassungsort die Hansestadt Lübeck, der Vorname Peter und das Alter geschätzte fünfzig plus. Der Suchvorgang startete.

Es wurden alle Jaguar-Fahrzeuge mit Zulassung HL für Lübeck angezeigt. Es gab jedoch keinen zugehörigen Besitzer mit Namen Peter. Michael verließ das Programm und dachte der Jaguar ist bestimmt auf einen anderen Namen zugelassen worden.

Er loggte sich aber sofort bei der zuständigen Zulassungsstelle in Lübeck ein. Dort suchte er nach einem Jaguar. Es wurden mehrere angezeigt. Er sortierte nach der Farbe Grün. Es wurden dreizehn angezeigt, aber wieder keiner mit dem zugehörigen Namen Peter.

Egal, dachte Michael, druckte die Liste aus, ging anschließend zu Thorsten und bat ihn nun doch um einige Tage Urlaub.

Lachend und froh dass es Michael wieder besser zu gehen schien gewährte er ihm eine ganze Woche.

Seit dem Tod von Peer waren nun einige Tage vergangen. Die Leiche wurde von der hiesigen Staatsanwaltschaft zur Beerdigung freigegeben. Durch die Mithilfe von Lutz wurden die Eltern von Peer über das Auswärtige Amt schonend vom Tod ihres Sohnes unterrichtet.

Wie sie es aufnahmen konnte er nur ahnen. Der Tod des eigenen Kindes ist wohl das schlimmste was Eltern passieren kann. Er erklärte sich auch nach einigen Telefonaten bereit sie vom Flughafen abzuholen.

Der Flieger war bereits im Landeanflug und Lutz stand in Hamburg am Flughafen und wartete auf die Ankunft der Maschine aus Paris. Leider gab es keinen Direktflug von Kapstadt nach Hamburg sodass

Peers Eltern den längeren Weg über Frankreich nehmen mussten. So wartete nun ein am Boden zerstörter Lutz auf die Eltern seines toten Freundes, den er eigentlich nie richtig kennengelernt hat. Er glaubte stets alles was ihm Peer erzählt hat, über sich und seine Familie. Mehr nicht. Was sollte er den Eltern nur sagen, die wussten doch auch nicht die Wahrheit und glaubten immer noch an den guten und lieben Sohn, der den rechten Weg nie verlassen würde.

Lutz hatte keine Zeit mehr darüber nachzudenken. Schon sah er Familie Langkowski, die Frau wirkte etwas unsicher neben ihrem stattlich aussehenden Mann. Er konnte Peer nicht verleugnen. Lutz kannte beide bisher nur von Bildern. Aber so ganz hautnah wirkte der Vater auch in seinem bereits fortgeschrittenen Alter noch burschikos. Die braune Haut, dass weiße Haar und die schlanke Figur ließen ihn sehr attraktiv wirken. Neben ihm war seine Frau in ihrem schwarzen Kostüm und der weißen Haut eher unscheinbar. Lutz eilte ihnen mit einem flauen Gefühl im Magen entgegen und sprach sie an.

„Hallo, ich bin Lutz." Dabei verbeugte er sich leicht, um vor allem den Eltern nicht in die Augen sehen zu müssen. Für ihn war es eine sehr unangenehme Situation.

Herr Langkowski reichte Lutz die Hand und stellte seine Frau vor.

„Junger Freund, nennen sie uns aber doch bitte Marianne und Eckhard, und wir dürfen dich doch auch Lutz nennen. Durch deine Verbindung mit unserem Sohn sind wir ja schon fast eine Familie. Er stimmte zu. Ihm fiel ein Stein vom Herzen, das Eis war gebrochen. Er bot ihnen sofort an während ihres Aufenthalts Gäste auf Gut Rabenstein zu sein. Eckhard lehnte jedoch dankend ab da er bereits ein Hotel in Hamburg gebucht hatte da er ihren Aufenthalt zugleich auch dienstlich nutzen musste.

Das konnte Lutz verstehen und so fuhr er sie direkt zum Hotel und vereinbarte für den späten Nachmittag ein Treffen um ihnen bei den verschiedenen Behördengängen behilflich sein zu können. Aber auch hier wurde er eines Besseren belehrt. Das Auswärtige Amt hatte bereits alles für die Überführung der Leiche veranlasst. Ja, in bestimmten Kreisen musste man sich selbst um nichts allein kümmern zumal man ja Botschafter ist.

Es war ihm auch ganz recht. Zu tief war er doch gekränkt darüber dass er nur belogen und betrogen wurde, obwohl dafür die Eltern nun wirklich nichts konnten. Aber durch sie wurde er immer wieder an deren Sohn und seine Heimlichkeiten erinnert.

Er verabschiedete sich von den Eltern wobei diese aber den Termin für den Nachmittag nicht absagen wollten. Allzu gerne möchten sie sich mit Lutz über die vergangene Zeit unterhalten. Er stimmte auch hier wieder zu.

Am Nachmittag trafen sich die Drei dann im Hotel und gingen ins Cafe um Tee zu trinken und sich über die Vorgänge zu unterhalten. Dabei erfuhr Lutz von Eckhard dass die Ermittlungen bezüglich des Mordes an Peer festgefahren sind. Es gab keine vergleichbaren Taten, auch das Umfeld von Peer schien sauber zu sein. Was Peer mit den Männern auf den Fotos zu tun hatte, warum er anfangs an den Aktionen beteiligt war und warum den jungen Männern die Genitalien abgeschnitten wurden, von wem auch immer, und warum nun auch Peer auf diese gleiche grausame Weise ums Leben kam, ist offen.

Peers Vater konnte das alles nicht glauben. Seiner Frau hatte er den Großteil verschwiegen, die Einzelheiten hätten sie wahrscheinlich um ihren Verstand gebracht. Eckhard hatte ein ganz anderes Bild von seinem Sohn vor Augen. Er kannte ihn doch nur als lebenslustigen jungen Mann, der auch mal ganz gerne über die Stränge schlägt, aber das was er nun zu hören und zu sehen bekam war nicht nur abartig sondern auch unfassbar und ganz und gar nicht verständlich für einen Vater.

Peer, der gutaussehende und lebenshungrige Mensch, der schon in Afrika so manchen Diplomaten nicht nur den Kopf verdreht sondern auch viel Spaß mit ihnen hatte, der war doch kein Mörder den man dann selbst ermordet, das ist alles aus einem schlechten Film.

Er wusste ja schon lange von der Neigung seines Sohnes und dass gerade ältere Männer zu seinem Beuteschema gehörten. Mehr als einmal hatte er ihn mit Botschaftspersonal in eindeutigen Situationen gesehen. Daher auch der Aufenthalt im Internat.

Eckhard hatte Peer von pädophilen Spielen fernhalten wollen. Im Internat sollte er damals solange bleiben bis Onkel Franz seinem Bruder die Rückkehr des verlorenen Sohnes nach Afrika bestätigen konnte.

Aber dann wurde es noch schlimmer. Peer vögelte sich durch das diplomatische Chor. Es war nur noch peinlich. Peer wollte zurück nach Deutschland, wollte ein Studium und einfach sein Leben allein gestalten. Eckhardt stimmte dem Studium seines Sprösslings in Hamburg zu. Somit war er wenigstens aus der Schusslinie und konnte keinen Schaden mehr anrichten, der dem Ansehen des Botschafters Schaden zufügen konnte.

In Hamburg ließ in Eckhard noch eine ganze Weile bespitzeln, stellte aber auch das dann ein als es keinen Grund mehr dazu gab. Es schien dass sich sein Sohn in Hamburg gut zu Recht fand und seinem Studium nachging. Der Fall war abgeschlossen und man konnte wieder normal leben.

Später, als er dann erfahren hat, dass Peer einen älteren adligen Mann als ständigen Begleiter hatte, war er heilfroh darüber dass das Leben für Peer mit seiner homosexuellen Neigung nun in geregelten Bahnen zu verlaufen schien.

Und jetzt das.

Unfassbar.

Manuela wollte von Lutz wissen wie und wo er Peer kennengelernt hatte und wie sie beide so lebten. Ihr war diese Art von Leben ja gänzlich unbekannt. Aus den kurzen Telefonaten mit ihrem Sohn konnte sie auch nichts entnehmen. Sie wusste zwar vom Verhältnis zu Lutz aber sonst auch schon gar nichts. Auch für sie war das besser als ständig wechselnde Bekanntschaften.

Lutz erzählte nun den beiden das Wichtigste der Reihe nach, erwähne die neue Wohnung bei Timmendorf, das Studium in Hamburg und den geplanten Umzug nach Salzburg nachdem Peer sein Studium beendet und seine Arbeit im Diplomatischen Dienst aufgenommen hätte. Er hatte bereits eine Zusage vom Auswärtigen Amt. Insgeheim zweifelte Lutz zwischenzeitlich an dieser Tatsache, viel zu oft wurde er belogen. Warum sollte Peer mit ihm zusammen in eine Wohnung nach Salzburg ziehen, unter Kontrolle von Lutz. Nein, jetzt wo er wusste was Peer wirklich trieb, konnte er sich das nicht vorstellen.

Manuela hörte ruhig zu, warf ihrem Mann hin und wieder einen Blick zu und begann immer wieder erneut zu weinen.

Nachdem Lutz fertig war, schaltete sich Eckhard ins Gespräch.

„Lieber Lutz, einiges kann aber nicht stimmen. Seit dem letzten Semester ist das Studium beendet gewesen, ich weiß das deshalb so genau, da ich keine Gebühren mehr bezahlen brauchte.

Auch wollte Peer niemals in den Diplomatischen Dienst, seit seinem Aufenthalt in Afrika hasste er das Ausland. Daher studierte er ja auch Germanistik und Sport, hatte vor später kleine Bälger zu unterrichten und hatte fürs kommende Schuljahr bereits eine Anstellung in Aussicht."

Schlagartig wurde Lutz klar dass seine Gedanken bezüglich dem Ansatz als Diplomat richtig waren. Nur gelogen, alles gelogen. Er musste sich zusammenreißen um nicht auszuflippen.

„Ja, und er wollte uns dieser Tage in Afrika besuchen, ich dachte eigentlich mit dir," mischte sich Manuela ein.

„Davon weiß ich nichts. Auch nicht vom beendeten Studium" entgegnete Lutz.

„Ich weiß nichts mehr. Nur eines ist gewiss, er hat mich belogen und hintergangen, aber warum weiß ich einfach nicht, kann auch keinen Grund finden."

„Darauf können wir dir leider auch keine Antwort geben wir wurden ja auch betrogen und belogen" entschuldigte sich Peers Mutter.

Nach einem kurzen Schweigen wollte Lutz wissen was mit dem Leichnam geschieht, ob sie ihn mit nach Simbabwe überführen oder ob er hier in Deutschland seine letzte Ruhe finden soll und wie das alles weitergehen soll.

„Ich will euch einige Neuigkeiten berichten die ich heute Mittag von der Polizei erfahren habe.

Die Papiere von Peer wurden bislang noch nicht gefunden. Auch in der Wohnung in Timmendorf wurden keine persönlichen Dinge von Peer gefunden, die ihm direkt zuzuordnen wären. Ja, sie meinten es ist zwar unbestritten das Peer in dieser Wohnung gelebt hat, aber nicht wie normale Bürger in ihren Wohnungen, dafür fehlten einfach ganz bestimmte Dinge des Lebens. Es erweckte eher den Anschein als ob er nur bestimmte Zeiten dort verbracht hat, so wie in einer Ferienwohnung.

Das sei alles sehr seltsam meinte der Kommissar," berichtet Eckhard.

Lutz wurde es plötzlich heiß, ihm kam eine düstere Ahnung. Hatte Peer vielleicht noch seine alte Wohnung in Hamburg beibehalten? Diesen Gedanken verschwieg er jedoch vorerst.

Er wurde von Manuela aus seinen Gedanken geholt.

„Um deine Frage nach der Beerdigung zu beantworten möchte ich dir sagen dass Peer in drei Tagen beerdigt wird. Du wirst sicher gerne dabei sein wollen. Wir haben beschlossen die Beisetzung in aller Stille durchzuführen. Peer wird in unserem Familiengrab in Starnberg seine letzte Ruhe finden. Mein Mann wird demnächst seinen Dienst beenden, und dann kommen wir ins Elternhaus nach Starnberg zurück. Daher auch das Familiengrab in Starnberg."

„Ich komme natürlich und selbstverständlich mit. Soll ich euch mitnehmen oder wie kommt ihr sonst nach Starnberg?"

„Das wäre ganz toll von dir" dankte ihm Eckhard. „Ich bin schon ganz lange nicht mehr selbst Auto gefahren, und dann noch „Rechtsverkehr, einfach toll dass du uns das anbiederst. Du kannst dann auch bei uns wohnen, das Haus steht leer, nur die Hausmeister wohnen dort."

„Gerne."Wenn es dir Recht ist, möchten wir morgen Mittag aufbrechen" meinte Eckhard.

„Ist total in Ordnung, ich bin dann so gegen zwölf wieder hier und hole euch ab."

Alle drei standen auf und verabschiedeten sich. Lutz hatte es plötzlich sehr eilig. Schnellen Fußes verließ er die Halle, stieg in seinen Wagen und fuhr los.

Der ICE fuhr langsam in den Hamburger Bahnhof Altona ein. Michael war noch niemals im „Norden". Hier gibt es keine Berge war immer sein Spruch.

Aber jetzt war egal. Er sucht nach ihm, dem Jaguar, dem Mann, er brauchte jetzt Klarheit.

Michael lieh sich am Bahnhof einen BMW –ein Stück Heimat wenigstens - und fuhr damit in Richtung Lübeck. Dort mietete er sich in einem kleinen Hotel ein, duschte ausgiebig und machte sich für den Kampf mit der Umwelt fertig.

Er hatte dreizehn Namen, dreizehn Adressen und alle verband ein grüner Jaguar und ein Besitzer dabei musste der Gesuchte ja sein. Musste es einfach sein, denn er war der, der in ihm die Flamme der Liebe neu entzündet hatte und ihn dann lichterloh brennend stehen lies. Er war sich auch darüber klar dass das hier alles schief gehen konnte. Dass er ihn zwar fand, dass er ihn aber vielleicht gar nicht wollte, dass es nur ein eine Bekanntschaft für einige Stunden bleiben sollte und dass all die gesprochenen Worte nur Geplänkel waren.

Ihm fiel wieder Peters Frau ein, die Peter nicht liebte, aber seinen Freund, für ihn hatte er Michael stehen lassen. Nicht einmal eine schnelle Nummer war er ihm wert gewesen. Was also machte er eigentlich hier? Bin ich verrückt geworden?

Nein, er wollte, nein er musste Gewissheit haben, so konnte er nicht weitermachen. Erst musste diese Sache hier abgeschlossen werden, dann war der Kopf frei, frei für die Zukunft.

Er legte den Computerausdruck mit den Adressen auf den Beifahrersitz gab die Anschrift des ersten Besitzers in das Navi ein und konnte nur hoffen dass das alles hier richtig ist.

Bei der Friedhofverwaltung in Starnberg machte man ganz große Augen bezüglich des eben eingegangenen Fax aus Hamburg.

Das dortige Bestattungsunternehmen kündigte die Überführung eines Peer von Langkowski und dessen übermorgen stattfindende Beerdigung im Familiengrab derer von Langkowski an.

Die Sekretärin der Stadtverwaltung eilte mit dem Fax in der Hand zu ihrem Chef und rief ganz aufgeregt: „schau mal Hans, das Fax da, aus Hamburg, die liefern uns morgen einen von Langkowski an, der liegt aber doch schon im Leichenschauhaus. Der soll übermorgen in der Gruft beerdigt werden. Die spinnen doch!"

„Zeig her", nahm das Fax und las es sorgfältig durch.

„Dumme Kuh, da geht es um einen Peer und bei uns liegt der Franz und auch das Alter ist ganz anders. Musst halt mal das lesen lernen Fräulein Superschlau."

Er legte den Zettel weg und sagte „geh Vroni verbind mich mit dem Landgericht in München am besten gleich mit dem Landgerichtspräsidenten, ich will mal meinen Bruder um Aufklärung bitten."

Auch der Präsident konnte sich keinen Reim darauf machen, versprach ihm aber sich in Hamburg zu erkundigen und ihm wieder Bescheid zu geben. Schließlich war der Franz ja auch sein Freund gewesen. Er wusste auch dass der Franz noch einen Bruder hat der irgendwie für die Regierung im Ausland arbeitet. In seiner Position dürfte es ein Leichtes sein, Näheres zu erfahren wer denn dieser Peer von Langkowski ist.

Im Auswärtigen Amt in Berlin wurde er dann auch sehr schnell mit dem zuständigen Referatsleiter verbunden. Dort war er natürlich bekannt, der Herr Konsul aus Simbabwe.

Gottlieb Rademann, der Gerichtspräsident aus Bayern, wurde umgehend zum Staatssekretär durchgestellt, dem er die merkwürdige Sache mit den zwei Leichen gleichen Familiennamens erzählte, die auch zum selben Zeitpunkt in de⁻

Familiengruft beerdigt werden sollen. Der Staatssekretär wusste auch dass der Herr Konsul einen Bruder in München oder in dieser Gegend hat und dass dieser irgendwo in Südbayern als Richter tätig ist. Er glaube auch diesen persönlich zu kennen. Damals bei der Einführung des Herrn Konsul hatte man sich getroffen und ein paar Worte gewechselt. Ob es noch andere Verwandte gibt, wusste er nicht.

„Und der ist tot? Weiß der Herr Konsul das?" fragte die Berliner Stimme irritiert.

„Von mir nicht, ich kannte ihn ja nicht, ich wusste bisher auch nichts von ihm, ob die Polizei in München das weiß, davon ist auszugehen, schließlich hatte er ja einen Autounfall. Aber ich geh doch schon davon aus dass man den Herrn Konsul vom Tod seines Bruders verständigt hat, oder?"

„Na ja lieber Herr Radmacher" „Rademann bitte", „ja Herr Rademann, das können wir ganz schnell feststellen. Der Herr Konsul hält sich derzeit in Deutschland auf um die Beerdigung seines Sohnes Peer durchzuführen."

Gottlieb lehnte sich in seinen Stuhl zurück. Der Neffe und der Onkel tot. Schon seltsam, und dann dieser Name Peer. Sehr ungewöhnlich, hab ich nur einmal bisher gehört, in einer mehr als schlüpfrigen Angelegenheit, der hieß auch Peer und ist jetzt tot. Sollte da ein Zusammenhang mit diesem, na ja Peer und dem Neffen seines Freundes bestehen?

„Kann es sein dass dieser Peer in Starnberg beerdigt werden soll?" fragte Gottlieb.

„Das kann ich Ihnen nicht sagen, das weiß ich nicht. Ich weiß nur dass sich der Herr Konsul in Hamburg aufhält. Wenn sie noch einen Moment in der Leitung bleiben verbinde ich sie mit meiner

Sekretärin, die hat sich bisher um die Angelegenheit bezüglich des Todes von Peer gekümmert, die weiß sicher mehr.

Es klickte in der Leitung und kurze Zeit später meldet sich eine angenehme weiche Stimme.

„Hallo Herr Rademann, der Herr Konsul ist derzeit in einem Hotel in Hamburg da noch einige Formalitäten zu erledigen sind. Er wird auch erst nach der Beerdigung seines Sohnes hier nach Berlin kommen. Aber wenn sie wollen gebe ich ihnen die private Telefonnummer unter der er derzeit erreichbar ist."

„Gerne, ich schreibe mit."

„Ist ihnen bekannt ob der Herr Konsul bereits vom Tod seines Bruders unterrichtet wurde?"

„Nein, ich gehe nicht davon aus denn wir selbst wussten das ja auch nicht. Sollen wir das übernehmen, dann müssten sie mir jedoch einige Personalien das Verstorbenen durchgeben."

„Bemühen sie sich nicht, danke. Der Verstorbene war mein bester Freund, daher bin ich so gut informiert. Diese traurige Nachricht übermittle ich selbst."

„Kann ich sonst noch etwas für sie tun?"

„Nein danke, sie haben mir bereits sehr weitergeholfen. Dafür meinen besten Dank und Servus"

Gottlieb legte auf.

„Scheiße, Scheiße und nochmals Scheiße."

Er lehnte sich wieder in seinen Stuhl zurück und dachte nach wie er diese Nachricht übermitteln soll, noch dazu einem Menschen der gerade sein eigenes Kind zu Grabe trägt.

Den ganzen Tag verbrachte Michael damit seine Liste abzuarbeiten. Er gönnte sich nur eine kleine Mittagspause. Er musste feststellen dass die einzelnen Besitzer der Jaguars ziemlich weit voneinander wohnten. Jetzt war es bereits sechs Uhr und es begann auch noch zu regnen. Sieben Nummern standen noch auf der Liste.

Michael stand auf dem Parkplatz Richtung Lübeck. Er war verzweifelt. Vielleicht traf er ihn nie, vielleicht war der Wagen damals geklaut. Na ja, machen wir einfach weiter. Heute Nacht wollte er in Lübeck übernachten um nicht wieder am nächsten Morgen eine weite Anfahrt zu haben. Morgen musste er fertig werden. Er hatte auch zwischenzeitlich keine große Hoffnung mehr. Als er wieder losfuhr las er auf einer Ortstafel Schwartau sieben Kilometer. Er dachte den Ort habe ich doch auch auf der Liste. Den Termin mache ich heute noch und dann ist es gut.

Er nahm die Ausfahrt, stoppe dann kurz auf der Bundestrasse und las auf der Liste nach. Genau, hier stand Gut Rabenstein, von Wallenfels Lutz, na ja, auch noch adelig, hoffentlich sind die nicht so arrogant und zeigen sich auskunftswillig.

Nach einigen Kilometern fand er das Schild nach Rabenstein. Er bog rechts ab in Richtung Gut.

Der ganze Ort schien nur aus diesem Gut bestehen. Eine Koppel nach der anderen, Stallungen, Scheunen, ein Bungalow und da, ein stattliches Herrenhaus, so sagt man doch schoss es Michael durch den Kopf. Auf dieses steuerte er seinen BMW zu.

Vor den großen Eingangssäulen am Ende der Treppe kam der Wagen zum stehen. Nachdem er den Motor ausgeschaltet hatte stieg er aus und sprang die Stufen zur Eingangstüre hinauf, damit er nicht nass wurde.

Vergebens suchte er nach einer Klingel. Aber eine freundliche Frauenstimme rief nach ihm. „Wollen sie zu mir?"

„Wenn sie Frau von Wallenfels sind, dann ja."

Er ging die Stufen wieder hinab und blieb vor einer gutaussehenden Frau stehen die ihm die Hand zur Begrüßung reichte.

„Was kann ich für sie tun?"

„Ich suche nach dem Besitzer eines grünen Jaguars aus der Gegend um Lübeck" kam Michael gleich zur Sache.

„Wer sind sie und warum suchen sie nach dem Jaguar? Sind sie von der Polizei?"

„Nein nicht direkt, ich bin von der Staatsanwaltschaft aus München, muss ihnen jedoch gestehen dass ich den Wagen aus privaten Gründen suche."

Frau von Wallenfels gab Auskunft, dass der Jaguar auf den Namen ihres Mannes Lutz zugelassen ist und Michael musste wieder feststellen dass er erfolglos blieb. Wieder ein grüner Jaguar, aber kein passender Name.

Michael verabschiedete sich und fuhr zurück nach Lübeck.

Auch am nächsten Tag blieb er erfolglos. Es hatte keinen Sinn. Er kam nicht weiter. Peter hatte ihn offensichtlich angelogen. Warum wusste er nicht, wollte es auch nicht mehr wissen. Er wollte auch nicht weitersuchen.

Er fuhr zurück nach Hamburg, gab den Leihwagen zurück und bestieg den Nachtzug nach München.

Frau von Wallenfels besprach noch am selben Abend den Besuch von Michael mit ihrem Freund.

„Es ist alles so sonderbar. Erst der Vorfall mit dem Porsche, dann der Tod von Lutz Geliebten, und jetzt sucht ein junger Mann einen grünen Jaguar und den dazu passenden Besitzer mit Namen Peter. Gibt es da vielleicht einen Zusammenhang oder bilde ich mir das alles nur ein? Lutz kann ich nicht erreichen. Der ist unterwegs in Hamburg oder schon auf dem Weg nach Bayern zur Beerdigung seines Freundes. Kannst du mir nicht sagen was ich machen soll?"

„Was hältst du davon wenn du diesen Müller von der Kripo anrufst und ihm das alles erzählst? Dann hast du zumindest alles getan und kannst beruhigt sein."

„Du hast Recht. Gleich morgen ruf ich ihn an."

Am anderen Morgen schilderte sie Müller alles, auch die Begegnung mit Michael von der Staatsanwaltschaft München.

„Und der sagte er sei von der Staatsanwaltschaft?"

„Ja, aber er ermittle privat sagte er mir noch."

„Danke für die Info Frau von Wallenfels, wir kümmern uns um die Angelegenheit. Sagen sie ihrem Mann doch bitte er möchte sich bei uns melden sobald er wieder hier ist."

„Ja, mache ich."

Müller schüttelte den Kopf. Alles seltsam. Er wählte eine Verbindung zur Staatsanwaltschaft München. Es dauerte eine Ewigkeit bis er eine Person am Telefon hatte die den Referendar Michael Gruber kannte.

Müller wurde aber nochmals weiter verbunden, diesmal zu Thorsten Bethmann, den leitenden Staatsanwalt und Vorgesetzten von Michael.

„Hallo Herr Müller was kann ich für sie tun? Es muss ja verdammt wichtig sein wenn die Kripo aus dem hohen Norden bei der Staatsanwaltschaft in München anruft. Wie ich bereits hörte geht es um Herrn Gruber."

„Ja, zumindest bin ich fürs Erste beruhigt dass es ihn tatsächlich gibt."

„Warum, hat er was ausgefressen?"

„Nein, nicht direkt." Dann erzählte er die Geschichte mit dem grünen Jaguar und die mögliche Verbindung zu einem Sexualmord und den damit verbundenen vielen Ungereimtheiten, die die Kripo hier oben in Atem hält.

Der Staatsanwalt konnte Müller beruhigen.

„Michael ist bestimmt übers Ziel hinaus geschossen. Er hat ein Mädchen im grünen Jaguar kennengelernt sich verliebt und den Computer missbraucht um an die Adresse zu kommen. Ich verspreche ihnen ich werde ihn dahingehend belehren. Ich danke ihnen jedoch für den kurzen Dienstweg.

„Nehmen sie den Bengel nicht so scharf ran, sie wissen ja selber, wir waren alle mal jung und haben den Dienstweg missbraucht."

„Ja danke Herr Müller, und wenn sie mal was von uns brauchen, rufen sie einfach bei mir an. Sie haben was gut."

„Halt nicht auflegen" da stimmt doch schon wieder was nicht meinte Müller. Der sucht nicht nach einem Mädchen. Der sucht einen Peter hat uns doch die Adelige erzählt bei der er vorgesprochen hat."

„Das ist in der Tat sonderbar. Sobald er wieder hier ist, werde ich ihn befragen und wenn es etwas Neues gibt, werde ich mich sofort bei ihnen melden. Ich hoffe die Sache mit Michael und seiner nicht reellen Suche bleibt erst mal unter uns?"

„Ja klar, ich hab ja auch kein Interesse aus einer Mücke einen Elefanten zu machen."

Damit war das Gespräch beendet.

Schau dir den Schlawiner an dachte Thorsten, schmunzelte und wandte sich wieder seinen Akten zu.

Kurz nach dem Anruf griff er aber dann doch zu seinem Handy und rief Michael an. Als dieser sich nicht meldete sprach er auf die

Mailbox dass er heute Abend zu ihm in die Wohnung kommen soll da er dringend mit ihm wegen seines Ausflugs nach Lübeck sprechen muss.

Gottlieb wusste zwar immer noch nicht wie er dem Konsul die schlimme Nachricht beibringen soll, aber es blieb ja nichts übrig, es musste erledigt werden. Er wählte die Nummer des Hamburger Hotels, aber nur um zu erfahren dass Familie von Langkowski bereits abgereist ist.

„So da haben wir den Dreck" sagte er in den Raum hinein.

Er musste jetzt nochmals in Berlin anrufen um eine andere Möglichkeit der Kontaktaufnahme zu erfahren. Dort gab man ihm die Nummer des Diensthandys vom Konsul.

„Hoffentlich ist das auch an."

„In der Regel schon, er müsste ja ständig erreichbar sein."

„Ihr Wort in Gottes Ohr. Jedenfalls danke für die unkomplizierte Weise in der wir verkehren."

„Kein Problem, Berlin ist immer wieder gerne für sie da."

Nun wählte er die neue Nummer und siehe da, es gab ein Freizeichen. Kurz darauf meldete sich der Konsul. Gottlieb stellte sich kurz vor und bat den Konsul um einen dringenden Rückruf beim nächsten Autostopp bezüglich der anstehenden Beerdigung.

„Sie können jederzeit auch jetzt mit mir sprechen, ich bin nicht der Fahrer. Also welches Problem gibt es das so wichtig scheint um mich auf dem Diensthandy anzurufen?"

Während der nächsten Minuten antwortete der Konsul nicht mehr. Sein Gesichtsausdruck wurde starr und er tastete während des Gesprächs nach der Hand seiner Frau.

„Danke."

Er legte das Handy auf seinen Schoss und drückte die Hand seiner Frau ganz fest.

„Franz ist tot."

„Wie? Franz ist tot" wiederholte seine Frau.

Dann erzählte er ihr den Inhalt des Telefonats.

„Das ist ja Wahnsinn. Wir fahren zur Beerdigung unseres Sohnes und erfahren so beiläufig dass auch Franz in der Leichenhalle liegt."

„Ja wir haben uns jahrelang nicht mehr um Franz gekümmert. Ihn weder gesehen noch gesprochen. Ich hab auch vergessen ihn vom Tod Peers zu unterrichten, und jetzt werden beide begraben. Jetzt meine Liebe haben wir nur noch uns."

Den Rest der Fahrt über herrschte nur noch Schweigen.

Michael hörte zwar noch kurz sein Handy, kam aber nicht mehr dazu den Anruf anzunehmen. Er hörte daher sofort seine Mailbox ab und wunderte sich über den Anruf von Thorsten. Zurückrufen wollte er jetzt nicht, das hat bestimmt auch Zeit bis zum Abend. Er wollte jetzt nur seine Ruhe, entspannen und etwas schlafen. Das Fahrtgeräusch des Zuges wirkte tatsächlich einschläfernd, sodass er bald eingeschlafen war.

Der Zug raste München entgegen. Es war schon hell als er München Hauptbahnhof erreichte. Heim wollte Michael auch nicht. Er hatte auch die ganze Zeit nichts mehr gegessen und sein Magen machte sich bemerkbar. So beschloss er in sein Stammcafe zu gehen um zu frühstücken. Er hatte wirklich Hunger und orderte dort ein reichhaltiges Frühstück mit Rührei, Wurst und Käse. Dazu schlürfte er seinen geliebten Milchkaffee und fand plötzlich den

Tag wieder ganz passabel. An Peter wollte er nicht mehr denken, „das ist alles Schwachsinn was ich bisher gemacht habe. Es ist ja nicht zu übersehen dass er mich nicht will, er hat ja einen Partner, warum soll ich mich weiter einmischen. Nein es ist vorbei, ein für alle Mal" waren seine Gedanken zwischen der ersten und zweiten Tasse Milchkaffe, er nahm die Zeitung vom Tresen, und blätterte langsam durch. Hielt bei einigen Berichten an, las sie und überflog so manchen Beitrag und bekam plötzlich einen Stich ins Herz. Da stand der Nachruf für den Richter Franz von Lankowski vom Landgericht München. Der Nachruf enthielt fast keine persönlichen Angaben, man wusste ja auch zu wenig über sein Privatleben, er war ein unbeschriebenes Blatt Papier, er führte ein vorbildliches Leben.

Michael starrte immer noch auf die Zeitung vor sich, die allerdings schon auf dem Tisch lag, er ließ aber den Weg, den er mit Franz gegangen war abermals an sich vorbeiziehen. Tränen rannen unaufhörlich über seine Wangen während er bewegungslos dasaß. Er wurde in die Gegenwart zurückgeholt als die Kellnerin ihn fragte ob alles in Ordnung sei.

Er wischte sich mit dem Handrücken die Tränen aus dem Gesicht, starrte die Frau an und wünschte nur noch zu zahlen.

Als seine linke Hand erneut die Tränen wegwischen wollte, fiel sein Blick auf die Armbanduhr, und jetzt kam doch wieder der Zorn in ihm hoch. Wieder sah er die Szene im Keller der Villa und den Blick von Franz. Aber genau so schnell wie der Zorn kam, verflog er. Der Zorn wich einer unsagbaren Leere. Wieder war der Gedanke da dass er ihn nie wieder sehen wird und auch keine Aussprache mehr möglich ist.

Vielleicht sollte er doch zur Beerdigung gehen.

Er las den Nachruf zu Ende und wusste nun auch dass die Beerdigung morgen um zehn Uhr in Starnberg stattfinden wird.

Er legte das Geld auf den Tisch, gab reichlich Trinkgeld und machte sich auf den Weg zur Staatsanwaltschaft.

Die Planung für diesen Tag warf er aber dann kurzerhand über Bord. Er wollte jetzt sofort mit Thorsten sprechen, denn wenn er morgen zur Beerdigung will, wird das Gespräch am Abend zu spät. Im Büro erfuhr er dann dass Thorsten heute frei hatte. Michael kannte den Weg zum Staatsanwalt und fuhr mit der U-Bahn hinaus nach Grünwald.

Das Tor zur herrschaftlichen Villa, die bereits in die Jahre gekommen ist, war verschlossen.

Er klingelte und wartete. Dabei stellte er fest dass das hier ein ganz anderer Teil von München war. So ruhig, so edel, so alt. Die Grundstücke meistens von hohen Mauern umgeben, man wollte zur damaligen Bauzeit vom „Volk" abgeschirmt sein. Wer hier wohnt hat es geschafft, er war etwas „Besseres" und stinkreich.

Er fuhr zusammen als sich die Stimme von Thorsten in der Sprechanlage meldete. Er wollte antworten aber Thorsten sagte sofort „komm einfach rein", das Schloss sprang auf und Michae trat ein.

„Woher wusstest du dass ich komme?"

„Kennst ja Uschi, die hat dich sofort angekündigt nachdem du die Staatsanwaltschaft verlassen hast."

„Was willst du so dringen von mir?"

„Komm erst mal rein." Er schob Michael mit sanftem Druck durch die Tür zum Wohnzimmer.

„Du lebst ja hier wie in einem Schloss." Sein Blick wanderte durchs Zimmer hinaus durch die riesige Fensterfront in den Garten mit Swimmingpool.

„Na ja, eigentlich ein alter Kasten, aber schon vier Generationen in Familienbesitz. Ich kann mich halt nicht davon trennen. Aber die Kosten dafür sind auch enorm hoch. Gottlob haben mir meine Alten ein dickes Polster hinterlassen um auch das Personal zu bezahlen. Alleine kann ich das nicht schaffen, und will es auch nicht."

Er lachte und drängte Michael in einen schweren Ledersessel der ihn fast verschlang.

„Kommst du von daheim oder von deiner Schnüffeltour?"

Sofort fühlte Michael sich elend.

Willst du Kaffee oder was stärkeres?"

„Kaffee glaub ich genügt mir. „

„Erzähl mal, wie war´s, hast du sie gefunden? Ich geh in die Küche und mach Kaffee, ich hör dich, schieß los."

Während Michael erzählte bereitete Thorsten nicht nur Kaffee sondern ein kleines Frühstück mit O-Saft und einem Glas Sekt. Er lauschte dabei interessiert den Ausführungen und stellte das Tablett auf den kleinen Tisch. Dann setzte er sich Michael gegenüber in den Sessel und griff nach der Tasse. Er hielt sie an seinen Lippen und folgte so gut es ging dem Bericht. Ihn interessierte das aber gar nicht. Das Gesicht von Michael war es eigentlich dass ihn in den Bann zog. Seine Augen, in denen man wie in einem See ertrinken konnte, weiße ebenmäßige Zähne, eingerahmt von vollen Lippen die sinnlicher nicht sein konnten. Weiter kam er nicht mit seinen Gedanken. Eine Gänsehaut überzog seinen Rücken bei dem Gedanken, Michael zu berühren. Er merkt dass er heute Morgen die falsche Hose angezogen hat. Die Jeans wurde im Schritt viel zu eng und wird wahrscheinlich gleich platzen. Er wandte seinen Blick von Michael ab, schlug ein

Bein über das andere damit dieser die wachsende Beule nicht sehen konnte.

„Du weißt aber schon dass das nicht richtig war" unterbrach er Michaels Redeschwall. „Du kannst den Fahndungscomputer nicht für deine privaten Interessen einsetzen. Du bekommst Ärger. Mich hat die Kripo, ein Herr Müller, aus Lübeck angerufen. Ich hab´s einigermaßen wieder hingebogen."

„Danke, aber was sollte ich sonst machen. Aber es hat trotz allem nichts gebracht."

„Warum lügst du mich eigentlich an?"

Jetzt bekam Michael ein flaues Gefühl in der Bauchgegend. Noch wusste er nicht worauf Thorsten hinaus wollte.

„Nein, ich lüg dich doch nicht an. Es war genauso wie ich es geschildert habe, ich hab dir alles erzählt."

Thorsten stellte seine Tasse zurück, stand langsam auf, ging durch Zimmer in Richtung Fenster und schaute hinaus in den Garten. Michaels Blick folgte ihm, er konnte es spüren dass da was in der Luft liegt.

Lässig stand er da, die Hände in den Taschen der engen Jeans, das weiße Sweatshirt ließ seinen muskulösen Körper nur erahnen und die nackten braunen Füße auf dem hellen Boden zeugten von einem gesamten sonnengebräunten Körper. Irgendwie sah auch Michael seinen Chef erstmals mit anderen Augen.

Mit einem Ruck drehte sich Thorsten um, ging zurück zum Tisch, stellte sich hinter Michaels Sessel und legte seine Hände auf Michaels Schultern.

„Du suchst keine Frau – du suchst einen Mann, du suchst Peter."

Alleine schon die Berührung der Hände traf ihn wie ein elektrischer Schlag, die Worte in diesem sonderbaren Tonfall taten dann ihr weiteres.

„Seit wann weißt du es?"

„Genau seit gestern nach dem Gespräch mit Kripo aus Lübeck, aber geahnt habe ich das eigentlich schon lange dass du mehr auf Männer stehst, nur die Gewissheit bekam ich erst gestern. Ich glaubte nach dem ganzen Einsatz für dieses Mädchen ich hätte mich doch getäuscht."

Während dieser Worte rutschten seine Hände langsam und unaufhaltsam von den Schultern hinab zu Michaels Brust und streichelten durchs Hemd seine Brustwarzen, die sich sogleich verhärteten und leicht aufstellten.

Michael konnte nichts dagegen tun. Er saß nur steif da, verstand gar nichts mehr, merkte aber dass es in seinen Lenden zuckte und sein Schwanz steif wurde. Wollte er das?

Er legte seinen Kopf zurück und blickte in Thorstens Augen, Augen voller Sehnsucht, weit wie die Taiga und tief wie das Meer.

Er fühlte etwas Geborgenheit die er im Moment richtig gebrauchen konnte.

Er öffnete seinen Mund um ihn etwas zu fragen. Dazu kam er aber nicht mehr. Ganz sanft drückten sich Thorstens Lippen auf die seinen und erstickten jedes Wort. Michael spürte Thorstens Zunge suchend und fordernd an seinem Mund. Schlangengleich umrundete Thorsten den Sessel und kam auf Michaels Schoß zum sitzen. Nach einer gefühlten Ewigkeit öffnete Michael seine Lippen und gewährte der Zungenspitze von Thorsten den Eingang. Diese suchte sofort nach ihrer Gespielin und fand sie auch sogleich. Auch er wollte jetzt mitspielen. Mit mehr Druck erwiderte er den samtigen Kuss um ihn fordernder und inniger werden zu lassen. Michael hatte die Augen geschlossen, genoss das zärtliche Streicheln durch Thorstens suchende Händen und war weit weg.

Seine Gedanken waren auf einem Parkplatz der Autobahn in Richtung Salzburg nicht weit weg von München.
Das Glitzern in seinen Augen kündete von Sehnsucht und Schmerzen.

Lutz lies den Wagen langsam an der Uferpromenade des Starnberger Sees entlang gleiten bis Manuela von Langkowski fast schon am Ende der Straße zu ihm sagte er soll anhalten sie haben das Ziel erreicht.
Eckhard stieg aus schwerfällig dem Wagen, blickte sich langsam um. Niemand war zu sehen. Ganz normal für diese Gegend. Die Grundstücke waren riesig und die Häuser darauf weit zurückgesetzt. Er griff in die Tasche und holte den Schlüsselbund hervor. Seine Frau stellte sich neben ihn, nahm seine Hand und war im Begriff etwas zu sagen als das Tor summend aufsprang. Beide sahen sich an und im selben Moment stand schon der Hausmeister da. Er eilte auf beide zu, drückte ihre Hand und sprach ihnen sein Beileid aus.
Er ging mit zwei Koffern voraus und führte die Langkowskis zum Haus. Eckhard drehte sich nochmals um und sah wie Lutz sich mit den restlichen Gepäckstücken abmühte. Rasch lief er zurück um ihn zu helfen.
„Ich bin noch immer neben der Rolle" sagte er entschuldigend.
„Ist doch in Ordnung."
„Lutz, ich bin so froh dass du mitgekommen bist."
„Es ist doch selbstverständlich."
Schweigend trugen sie das Gepäck über den Kiesweg ins Haus.
Sie betraten ein großzügig geschnittenes Haus, dessen Einrichtung aber in die Jahre gekommen ist.

„Gott, wie lange waren wir nicht mehr da. Ich weiß nun warum ich dieses Haus nie vermisst habe, es erschlägt einen, es hat mir noch nie gefallen" flüsterte Manuela.

„Lutz möchtest du im Zimmer von Peer wohnen?

„Ich glaube dass das keine gute Idee ist, ich bin noch nicht soweit."

Sofort eilte sie zu Lutz und fasste seinen Arm.

„Verzeih, wie ungeschickt von mir, du schläfst natürlich in einem anderen Zimmer. Bring dein Gepäck nach oben ins letzte Zimmer auf der rechten Seite, es war das Zimmer unseres Pflegesohns gewesen."

Mit schweren Schritten stieg er zum Zimmer hinauf. Manuela rief ihm noch nach, er solle sich bitte beeilen und wieder zu ihnen kommen denn sie wollten noch zum Essen ins Dorf – immer noch bezeichnete sie Starnberg liebevoll als Dorf-.

Lutz lies im Zimmer einfach den Koffer fallen, ging zum Fenster, öffnete es und blickte hinaus auf den See. Sein Blick wanderte dabei auch über den üppigen Garten und blieb an einer alten Villa hängen die ebenfalls auf dem Anwesen zu stehen schien.

Das musste das Elternhaus von Eckhard sein das von dessen Bruder bewohnt wurde.

Er drehte sich um und dachte dabei wie schnell sich im Leben doch alles ändern kann.

Dann sah er dass dieses Zimmer über ein eigens Bad verfügte und beschloss schnell noch eine Dusche zu nehmen.

Danach inspizierte er nur mit einem Handtuch bekleidet das Zimmer. Es war das Zimmer eines jungen Burschen. Bilder von Rambo und Beckenbauer an der Wand. Pokale und Siegerurkunden und Fotos. Lutz stand vor dem Regal und erkannte auf einigen Bildern Peer in jungen Jahren. Auf anderen Fotos war auch der Junge zu sehen der wahrscheinlich der Pflegesohn war.

Hatten sie ihm gesagt was aus ihm geworden ist. Er glaubte nicht. Er wollte bei Gelegenheit danach fragen.

Er hörte die Stimme von Manuela die nach ihm rief. Ihm wurde bewusst wie er rumgetrödelt hat, sprang in seine Jeans, zog einen dunklen Pulli über und schlupfte in schwarze Slipper und lief auch schon die Treppe hinab.

„Ich habe Regina, der Frau des Hausmeisters Bescheid gegeben dass sie dein Zimmer etwas wohnlich herrichten soll bis wir wieder zurück sind. Hast du sonst noch einen Wunsch mein Lieber?"

„Nein, doch eine Frage habe ich noch. Wie lange lebte euer Pflegesohn hier im Haus und ist das sein Zimmer in dem ich schlafe?"

„Ja, das war sein Zimmer, gleich neben dem von Peer. Das Badezimmer hat ja auch zwei Türen und ist somit von beiden Zimmern aus zu betreten. Er wohnte hier bei uns bis Peer ins Internat kam."

„Und was ist aus diesem Jungen geworden?"

„Franz, der Bruder von Eckhard hat sich etwas um ihn gekümmert. Er studierte hier in München, wollte Anwalt oder Staatsanwalt oder so etwas Ähnliches werden. Da war er in den Händen von Franz richtig gut aufgehoben. Er war ja Richter. Ich hoffe er kommt zur Beerdigung, dann wirst du ihn sicher kennenlernen."

„Aber der weiß doch sicherlich nicht dass Peer ermordet wurde oder?"

„Du hast Recht." Sie wandte sich zu Eckhard und fragte diesen, „wie können wir Michael erreichen. Der weiß doch gar nicht dass übermorgen auch die Beerdigung von Peer hier ist."

„Aber der wird doch sicher wissen dass Franz verunglückt ist und wird zu dessen Beerdigung kommen" antwortete Eckhard seiner Frau.

„Das wird dann bestimmt ein ganz schöner Schock für ihn sein" mischte sich Lutz ein.

„Ich werde den Hausmeister fragen" sagte Manuela, vielleicht weiß der schon mehr als wir. Schließlich kümmert der sich ums Haus und hatte sicherlich guten Kontakt zu Franz und Michael."

Aber weder Hans der Hausmeister als auch seine Frau hatten eine Ahnung was aus Michael geworden ist. Sie wussten nur dass Michael von einem auf den anderen Tag ausgezogen ist und seither nie wieder Franz besucht hatte, obwohl beide vorher unzertrennlich waren und Michael ja auch ständig in der Villa gewohnt hatte. Zuletzt, an das konnte sich Hans noch erinnern, studierte Michael in Paris.

„Na warten wir ab" resignierte Manuela. „Last uns aufbrechen sonst bekommen wir nichts mehr zu essen."

Als sich Lutz spätabends im Bett lag, gingen ihm so manche Gedanken durch den Kopf.

Peers Eltern trauern um ihren Sohn, aber es ist eine andere Art von Trauer, oder zeigten sie den Schmerz gegenüber den Anderen nicht. Diplomaten eben, sie werden sicher für derartige Situationen geschult. Oder hat man sich nur so auseinander gelebt. Sie wussten ja fast nichts von ihrem Sohn, auch nicht von Franz oder von ihrem Pflegesohn. Er stellte mit Ernüchterung fest, es ist eine Familie, anders als der Durchschnitt, scheinbar lebte jeder sein Leben. Ihm fiel ein dass auch Peer niemals recht von seinen Eltern sprach. Sie waren ihm eben egal. In seiner Familie nicht denkbar. Hier wurde gezankt, gestritten, geliebt und gemeinsam die Zukunft geplant, oftmals vorgeschrieben. So wie bei ihm die Heirat und der Zwang einen Erben zu zeugen. Diese Gedanken machten ihm Angst.

An Schlaf war nicht mehr zu denken. Nackt wie er war stand er auf und suchte nach seinen Zigaretten. Er steckte sich eine an, öffnete die Balkontüre und trat hinaus um zu rauchen. Während er den Rauch inhalierte musste er nochmals an den vergangenen Tag denken. Nachdem die Polizei in Lübeck immer noch keine Ausweispapiere von Peer gefunden hatte kam Lutz der Gedanke dass Peer vielleicht seine eigene Wohnung in Hamburg noch hatte. Er kannte sie noch gut aus den anfänglichen heißen Treffs mit Peer. Noch vor der Abreise nach Starnberg hetzte er mit seinem Wagen nach Hamburg. Der Verkehr war wie jeden Tag unglaublich. Bis er endlich durch den Elbtunnel war glaubte er es sei eine Ewigkeit vergangen. Er steuerte den Jaguar in den Stadtteil Harburg, suchte einen Parkplatz, versperrte das Auto und überlegte wie er ungesehen in die Wohnung kommen sollte. Das Haus vor dem er stand machte einen total heruntergekommenen Eindruck. Putz bröckelte und die meisten der Fenster hatten die letzten Jahrzehnte keine Farbe gesehen. Bei seinen früheren Besuchen hatte er hierfür kein Auge.

Die Haustüre stand wie immer offen. Früher rannte er die Treppe hinauf, heute schlich er. Oben angekommen stand ihm der Schweiß auf der Stirn und seine Hände zitterten und sein Magen verkrampfte sich.

Er wusste nicht warum, aber er drückte die Glocke an der Tür. Es war zwar kein Namensschild angebracht, das gab es damals auch nicht, aber es bestand ja immerhin die Möglichkeit dass andere Leute jetzt hier wohnten. Nichts rührte sich.

Erst jetzt steckte sich Lutz etwas und seine Finger glitten über den Stromzähler oberhalb der Tür. Sein Herz pochte als seine Finger

Metall spürten und den Schlüssel langsam in seine Hand beförderten. Dann ging alles ganz schnell. Er steckte den Schlüssel ins Schloss, drehte ihn und die Tür sprang auf.

Wie ein Dieb huschte er in die Wohnung und schloss die Tür. Erstaunt blieb er stehen. Die Wohnung wirkte nicht unbewohnt. Eigentlich war alles so wie damals, als er hier mit Peer glückliche Stunden verlebte. Nichts war ungewohnt. In der Küche allerdings faulte das Obst in der Schale und war schon mit einer dicken Schimmelschicht überzogen. Er fand benutze Tassen und Gläser in der Spüle. Peer war zuletzt nicht alleine hier. Lutz öffnete die Tür zum Schlafzimmer. Über dem Bett lag eine goldene Latexdecke. Auf ihr hatte er und Peer so manche schlüpfrige Nummer durchlebt. Ihm fiel wieder ein wie Peer es liebte wenn Champagner über seinen Körper floss und sich mit Schweiß, Urin und Sperma mischte. Sein Blick sagte ihm dass das auch hier zum Schluss der Fall war. Die Flasche und so manches Spielzeug lag neben dem Bett. Zorn stieg in ihm auf. Welches Spiel trieb Peer eigentlich. Lutz wechselte zurück ins Wohnzimmer. Er konnte ihn förmlich riechen. Sein Duft lag immer noch in der Luft. Lutz bekam Gänsehaut.

Er ging zum Fenster, öffnete es um eine Zigarette zu rauchen. Seine Augen suchten nach einem Aschenbecher. Auf dem Schreibtisch stand er. Als er sich bückte um ihn zu nehmen um wieder ans Fenster zu gehen, fielen ihm die Kontoauszüge neben dem Ascher auf. Er griff nach ihnen. Der Kontostand traf ihn wie eine Faust. Achtzigtausend Euro standen da im Haben. Lutz konnte es nicht fassen er wurde neugierig und sah sich weiter um. Der Schreibtisch wurde zu einer wahren Fundgrube. Unter Versicherungsunterlagen fanden sich Depotauszüge mit sechsstelliger Zahl, eine kleine alte Zigarrenkiste war gefüllt mit kleinen Goldbarren und sonstigen Edelmetallen, Ringen und Uhren. Lutz verschlug es die Sprache. War das alles gestohlen, erbeutet oder verdient.

Diese Seite kannte er nicht.

Was trieb Peer? Woher der Reichtum, welche Spielchen trieb er, war er Dealer oder wie verdient man solche Mengen. Gedanken rasten durch seinen Kopf. Er suchte weiter. In einer Schublade fand er Fotos. Furchtbare Fotos. Junge Männer an ein Kreuz gefesselt, Männer mit dicken Bäuchen in schwarzen Roben mit Masken auf dem Gesicht und dazwischen Peer wie er es einem Jungen am Kreuz besorgte.

Unter den Fotos waren auch DVD`s. Lutz schnappte sich wahllos eine und ging ins Schlafzimmer wo sich ein Player befand. Er legte die Scheibe ein, schaltete den Fernseher an und setzte sich auf Bett. Noch hoffte er einen Pornofilm zu sehen wie sie oft gemeinsam welche angesehen hatten, aber dann war es ein selbstgedrehter Film, was heißt hier Film, es waren Aufnahmen eines sexuellen Rituals. Lutz sah im Film was er schon von den Fotos kannte.

Peer fickte einen der Kapuzenmänner mit seinem großen harten Schwanz in den Arsch während schwere Gewichte an dessen Eiern baumelten und bei jedem Stoß diese tief nach unten zogen. Ein anderer blies dem Jungen am Kreuz seinen Schwanz während andere Kerzen unter dessen Eier hielten. Es schien jedoch dass alle Spaß daran haben, das konnte er zumindest an den vulgären Ausdrücken und Grimassen erkennen. Der Junge am Kreuz und Peer waren die einzigen ohne Kapuze.

Wie gebannt starrte er auf den Fernsehapparat. Er merkte wie ihm dieses perverse Vorgehen jedoch antörnte. Ihm kam der Gedanke er könnte statt des Kapuzenmannes von Peer gefickt werden.

Seine Hose beulte sich aus, ohne einen weiteren Gedanken zu verschwenden öffnete er die Hose und holte seinen zwischenzeitlich steifen Schwanz heraus und wichste sich selbst bis er sich aufbäumend und schreiend entleerte.
Schnaufend blieb er liegen, fragte sich selbst was das jetzt sollte, fand jedoch keine Antwort. So stand er langsam auf, hielt seine Hose fest und ging ins Bad, wusch seinen Schwanz, zog sich an und verließ die Wohnung.

Den Schlüssel aber legte er nicht zurück, er steckte in ein und fuhr zurück, er hatte ja kaum noch Zeit, er sollte ja Peers Eltern abholen.
Die ganze Fahrt nach Starnberg hatte er überlegt ihnen vom anderen Leben ihres Sohnes zu erzählen. Dann hätte er aber auch gleich zur Polizei gehen müssen. Er wollte aber nicht hineingezogen werden – in den Sumpf-, in dem Peer zu leben schien.

Jetzt stand er nackt auf dem Balkon in Starnberg. Seine Gedanken an die Wohnung in Hamburg und das dort Gesehene hatten seinen Schwanz wieder steif werden lassen. Er warf die Zigarette in den Garten und ging zurück ins Zimmer.
Er legte sich aufs Bett und begann sich am ganzen Körper zu streicheln. Langsam fanden die Hände auch den Weg zwischen seine Beine. Fest ragte sein Glied empor und lechzte nach Bearbeitung so begann er zu onanieren.
Doch als Vorlage diente nicht mehr Peer. Er strengte sich an das Bild von Peer vor seinen Augen erscheinen zu lassen. Jedoch es klappte nicht mehr. Immer mehr erinnerte er sich wieder an den Jungen vom Parkplatz. Wie hieß er gleich nochmals.

Egal, er griff seine Eier, drückte sie und lies dabei einen Finger an seinem Loch spielen bis er kam. Diesmal wusch er sich nicht, er verrieb das Sperma und leckte sich die Finger wollte noch etwas nachdenken, schlief jetzt jedoch gleich ein.

Thorsten merkte sofort dass Michael nicht bei der Sache ist. Er ließ ihn los, setzte sich wieder in seinen Sessel, sah Michael an und gestand ihm dass er seit langer Zeit auf ihn scharf sei, er glaubte zu wissen dass Michael schwul ist, hatte aber bisher nie den Mut gefunden ihn darauf anzusprechen. Aber nun, da er mitbekam dass Michael vergebens nach Peter gesucht hatte, da war er sich sicher.

„Vergiss Peter, er bleibt für immer ein One-Night-Stand. Glaubst du nicht dass es zwischen uns klappen könnte? Ich weiß ich liebe Dich."

„Thorsten, glauben ist mir zu wenig. Du bist nett und lieb, siehst gut aus, aber glaub mir, ich bin nicht der Richtige für dich. Für mehr als eine Nummer hin und wieder würde es bei mir reichen. Das Herz ist nicht dabei. Ich liebe dich nicht.

Und auch die Nummern mit anderen zwischendurch will ich nicht mehr, ich will kein Flittchen sein. Ich bleib den Rest des Lebens alleine. Ich habe bisher in meinem kurzen Leben mein Herz zweimal verschenkt, bin enttäuschst worden, und das tut weh. Verdammt weh.

Sei mir bitte nicht böse, aber ich möchte jetzt gehen, ich will alleine sein."

Thorsten wollte das Thema zum jetzigen Zeitpunkt nicht mehr aufgreifen, er wollte ihm Zeit geben, denn die Zeit heilt bekanntlich alle Wunden und macht die Seele frei für einen Neubeginn. Er beschloss daher zu warten.

„Soll ich dich morgen mit nach Starnberg nehmen zur Beerdigung, ich bin als offizieller Vertreter bei Franz seiner Beerdigung anwesend, dann brauchst du nicht alleine dort hin."

„Nein danke, ich bin mir immer noch nicht im Klaren ob ich da hin will. Ich werde es kurzfristig entscheiden."

Er stand auf, trat auf Thorsten zu, beugte sich zu ihm hinab und gab ihm einen Kuss auf die Wange.

„Danke Thorsten, danke für Alles."

Er drehte sich um und ging ohne ein weiteres Wort.

Lange lag er an diesem Abend noch wach im Bett. Er haderte mit sich, wägte ab ob er zur Beerdigung gehen soll oder will. Langsam kristallisierte sich heraus dass er fast verpflichtet ist dort hin zu gehen.

Er hatte mitunter ja auch ein schlechtes Gewissen dass er sich nicht mehr bei Franz gemeldet hat. Er gab ihm nie die Chance sich zu rechtfertigen, ihm zu erklären warum. Vielleicht war ja alles gar nicht so schlimm. Jetzt ist Franz tot und er kann nicht mehr mit ihm sprechen, ihn nicht mehr fragen, ihm nicht verzeihen.

„Ja, ich gehe morgen zu ihm, ich glaub, nein ich weiß, das bin ich ihm schuldig" sprach er in die Dunkelheit hinein.

Er versuchte nochmals die schönen Tage mit Franz sich ins Gedächtnis zu rufen, aber da war immer eine Blockade, statt Franz sah er ihn genau vor sich, den gutaussehenden Fremden vom Parkplatz, er sah Peter. Warum habe ich mich so schnell in ihn verlieben können. Es war als ob zwei Züge aufeinander zurasen und dann explodieren würden.

Mit diesem Gefühl schlief er ein.

Lutz wurde früh am Morgen durch den Regen geweckt der unaufhörlich ans Fenster trommelte. Ein ziemlich starker Wind peitschte die Tropfen vor sich her, lies die Bäume im Wind flattern und gab diesem schrecklichen Tag den nötigen Rahmen.
Er blieb noch etwas liegen, hörte dann aber bereits Stimmen und sprang auf. Kurz unter die Dusche, die Zähne geputzt und dabei seinem Spiegelbild zugeflüstert dass das Leben ein richtiger Scheiß ist.
Aber was soll es, da muss man halt durch.
Rasch zog er seine dunkle Kleidung an, und eilte mit großen Sprüngen die Treppen hinunter ins Esszimmer. Eckhard und Manuela saßen bereits beim Frühstück.
„Komm setz dich her und frühstücke mit uns, das wird heute ein langer Tag" sagte Manuela.
„Danke, aber ich kann nur eine Tasse Tee trinken, mehr bekomme ich nicht runter."
Er goss sich die Tasse voll und dachte wieder wie normal die beiden auch diesen Tag nehmen, wird man wirklich so abgestumpft wenn der Kontakt zur geliebten Person für lange Zet unterbrochen ist? Ich glaub ich werd nicht so, nein, ich will das auch nicht.
„Es regnet ohne Unterlass, wir fahren am besten mit dem Wagen zur Kirche und dann zum Friedhof" meinte Eckhard.
„Ja das ist eine vernünftige Idee" stimmte auch Manuela zu.
„Ich wollte eigentlich zu Fuß gehen" sagte Lutz, „aber ich fahre euch beide selbstverständlich."

„Nein das musst du nicht, denn der Hausmeister kann uns ja auch mitnehmen, der fährt sowieso zur Kirche. Du kannst also ganz beruhigt sein und alleine gehen. Nach der Beerdigung treffen wir uns dann im „Hotel See" zum Leichenmal. Ich hoffe du bist damit einverstanden dass du dann neben uns Platz nehmen wirst."

Eckhard machte dabei einen ganz gelassenen Eindruck.

„Ja, ist mir Recht."

Lutz stand auf, und ging zur Tür.

„Warte mein Junge" rief ihm Manuela nach. „Du hast ja nichts zum überziehen, du wirst ja total nass.

Nimm den Hut da oben von der Garderobe und den Schirm, dann bist du zumindest mal von Oben geschützt."

„Danke". Lutz griff nach dem schwarzen Hut mit der breiten Krempe, zog ihn tief ins Gesicht, nahm den Schirm und trat hinaus in den Garten.

Der Wind hatte nachgelassen, aber der Regen fiel nach wie vor wie Perlen vom Himmel. Lutz spannte den Schirm auf, drückte den Hut fest und ging hinaus auf die Straße in Richtung Kirche um dem Menschen den er glaubte zu lieben und der ihn so maßlos enttäuschte das Letzte Geleit zu geben.

Die S-Bahn aus München fuhr im Bahnhof Starnberg ein. Michael stieg aus. Den in München gekauften Strauß weißer Rosen eng an seinen Regenmantel gedrückt und mit der linken Hand seinen Mantelkragen festhaltend blickte er sich um, so als ob er jemanden suchte. Er sah aber nur dass der Bahnsteig ziemlich mit Trauergästen gefüllt ist, die sich schnell entfernten um ein Taxi zu ergattern.

Er blieb noch etwas länger stehen, genoss die Ruhe nachdem der Zug abgefahren war, und dachte kurz an die Zeit als er hier fast täglich stand und auf die S-Bahn nach München wartete. „Schöne Zeit gewesen" dachte er.

Dann verließ auch er den Bahnsteig. Noch warteten einige Taxis vor dem Bahnhof, aber Michael zog es trotz des Regens vor zu laufen.

Er war noch nicht weit gelaufen als plötzlich ein Wagen neben ihm anhielt. Das Fenster wurde herab gekurbelt und Eckhard rief „Hallo, bist du nicht Michael, Mensch bin ich froh dich zu sehen. komm steig ein, du wirst ja total nass."

Er blieb wie angewurzelt stehen. Damit hatte er ja gar nicht gerechnet dass der Bruder von Franz auch zur Beerdigung kommt. Ihm blieb nichts anderes übrig als auf der Beifahrerseite einzusteigen. Langsam drehte er sich um und sah Manuela in die Augen. Er sah Tränen.

„Wie lange haben wir uns nicht mehr gesehen, aber du hast dich gar nicht verändert. Wie geht es dir mein Junge?" wollte Eckhard wissen.

„Du bleibst doch heute bei uns oder musst du gleich wieder weg? Fragte Manuela.

„Eigentlich wollte ich nach der Beerdigung wieder zum Dienst."

„Wo schaffst du jetzt? Fragte Eckhard.

„Bei der Staatsanwaltschaft hier in München."

„Recht so mein Junge, ein guter Beruf, angesehen und auch gut bezahlt. Wir haben so viel mit dir zu bereden, bleib doch bitte."

„Na ja, mein Chef ist auch da, ich werd ihn fragen ob ich Urlaub haben kann."

„Das ist schön."

„Kommt Peer auch zur Beerdigung von Onkel Franz? Den hab ich ja auch ewig nicht mehr gesehen, auf den würde ich mich ganz besonders freuen. Waren doch ganz tolle Zeiten die wir verbracht haben, weiß auch gar nicht warum dann der Kontakt abgerissen ist. Na ja, es lebt eben jeder sein eigenes Leben und ich war ja während des Studiums auch einige Zeit im Ausland. Jetzt würde ich natürlich ganz gerne bleiben, vielleicht in meinem alten Zimmer und auch noch neben Peer. Das wäre ja gigantisch. Eine ganze Nacht nur quasseln."

Im Wagen war es ganz ruhig geworden. Michael drehte sich um und sah in versteinerte Gesichter.

Manuela begann heftig zu weinen und Eckhard legte seine Hand auf die Schulter von Michael.

„Dann weißt du es wohl gar nicht."

„Was?"

„Heute wird nicht nur Onkel Franz zu Grabe getragen sondern auch unser Peer."

„Was, mach keinen Scheiß, was soll das warum wird heute Peer zu Grabe getragen, spinnt ihr, wollt ihr mich verrückt machen? Halt an, lass mich raus, was soll das?" Michael war total aufgebracht. Er schüttelte den Kopf so stark dass das nasse Haar nur so spritzte.

„Bitte beruhige dich Michael" sagte Eckhard väterlich, „ja es ist so, auch für uns war es ein Schock, nur kamen wir eigentlich zur Beerdigung unseres Sohnes und erfuhren erst auf der Fahrt hierher dass auch Franz gestorben ist."

„Gibt es eine Gemeinsamkeit am Tod beider?" fragte Michael dem das ganze Blut aus dem Gesicht gewichen war.

„Nein, wie sollte da ein Zusammenhang sein. Nein, soviel ich weiß lebte Peer in Lübeck und Franz hier in Starnberg."

„Wir sind da Herr Konsul" meldete sich der Hausmeister und stoppte den Wagen vor der Kirche.

„Michael, nach der Beerdigung werden wir Zeit finden um über alles zu sprechen, aber lass uns jetzt in die Kirche gehen. Du bleibst natürlich an unserer Seite. Du bist ja sowas wie unser Sohn."

Michaels Gesicht war immer noch kreidebleich. Sein Gang wie der einer Marionette.

„Ach noch etwas Michael hielt ihn Eckhard am Ärmel fest. Wir treffen uns hier in der Kirche mit noch einem Mann. Er wohnt auch bei uns. Er ist, na ja, wie soll ich es sagen, er ist ein Freund von Peer. Daher müsstest du in Peers Zimmer übernachten, wenn dir das nichts ausmacht.

„Nein" sagte Manuela, „nicht ein Freund Eckhard, sondern sein Freund. Irgendwann wird es Michael sowieso erfahren dass Peer schwul war und einen älteren Freund hatte, ist ja auch nicht schlimm, oder hast du damit ein Problem mein Junge?"

„Nein, habe ich nicht, ich wusste dass er sich mehr zu Männern hingezogen fühlte. Es hat mir nie etwas ausgemacht."

„Nach der Messe werde ich dich mit Lutz bekannt machen. Aber lass uns jetzt wirklich reingehen, wir werden ja sonst noch aufweichen in dem Regen."

Langsam schritten sie durch das Portal und gingen den langen Gang zu den vordersten Bänken die für die nahen Angehörigen reserviert waren.

Michael sah die vielen Menschen rechts und links in den Bänken nicht. Sein Blick blieb auf den Boden gerichtet bis er vor den beiden Särgen stand.

Da war es aus. Er konnte nicht mehr, Tränen liefen aus seinen Augen, ein gewaltiges Schluchzen erfüllte die Stille, die Rosen fielen zu Boden und Michael wurde durch heftige Krämpfe gestoßen.

Thorsten, der ziemlich weit vorne in einer Bank saß, eilte auf Michael zu und stützte ihn, führte ihn in die erste Bank und blieb einfach neben ihm sitzen und legte seinen Arm um seine Schultern.

Auch Manuela musste von Eckhard gestützt werden, obwohl auch er Hilfe nötig gebraucht hätte. Liebevoll führte er seine Frau neben Michael in die Bank und setzte sich ebenfalls.

Keiner hatte bemerkt dass Lutz noch nicht da ist.

Dieser hatte auf dem Weg zur Kirche beschlossen nur der Bestattung selbst beizuwohnen, aber nicht zur Totenmesse zu gehen.

Warum sollte er das überhaupt. Den einen Toten kannte er gar nicht, den anderen Toten kannte er ja auch nicht, wollte ihn nicht mehr kennen. Er war für ihn zu einem Fremden geworden. Die Zeit über, als er ihn noch kannte, war er ja weiß Gott ein Anderer, ein Mensch den er über alles liebte, mit dem er alt werden wollte.

Nun war er aber da, und auch nur deshalb weil er noch nie hatte „Nein" sagen können.

Also beschloss er gleich auf den Friedhof zu laufen um dort auf die Trauergäste zu warten. Der Regen hatte auch etwas nachgelassen, und so schlenderte er langsam in Richtung Friedhof.

Die Totenmesse ging spurlos an den Beteiligten vorbei. Keiner hörte die Worte des Pfarrers und Michael verstand die Welt nicht mehr. Er lehnte sich an Thorsten, der ihn fest an sich drückte. „Ich bin immer für dich da" flüsterte er ihm ins Ohr. Michael registrierte es jedoch nicht. Die Welt um ihn herum war nur noch Stille.

Während der ganzen Zeit trat man bei der Polizei in Lübeck auf der Stelle. Außer Peer konnte noch keiner auf den Bildern identifiziert werden. „
Wir kommen so nicht weiter. Vielleicht haben wir etwas Entscheidendes übersehen. Das sind bestimmt alles Call-Boys. Hat jemand schon mal bei der Sitte nachgefragt ob man da einen kennt oder ob einer vermisst wird?"
„Nein Chef."
„Was nein, nicht nachgefragt oder nicht erkannt."
„Nicht nachgefragt."
„Bin ich bloß von Blöden umgeben" schrie Müller in den Raum.
„Wo ist Sauerbier?"
„Der ist nochmals zu diesem Geliebten von dem Opfer."
„Was will er denn von dem nochmals?"
„Weiß ich nicht."
„Also Jungs, nehmt mal mit den Kollegen von der Sitte Kontakt auf und bis Abend will ich die Ergebnisse auf dem Tisch haben. Eine Leiche genügt."
Als Sauerbier auf dem Gut ankam und mit Lutz sprechen wollte, war er überrascht diesen nicht anzutreffen.
„Was macht er denn da mit einem Konsul in München?" fragte er den Verwalter.
„Soviel ich weiß hat er die Eltern von Peer, dessen Vater wahrscheinlich der Konsul ist, zur Beerdigung gefahren da Peer ja in dessen Heimatdorf beigesetzt werden soll."
„München ist doch kein Dorf."

„Sagte ich ja auch nicht. Sie brachten doch München ins Spiel. Es ist Starnberg, aber auch kein Dorf."

„Na ja, da drunten gibt's doch nur Dörfer. Wann kommt er denn zurück?"

„Bin ich Jesus!"

Sauerbier merkte langsam dass der Verwalter angefressen war.

„Gut, sagen sie ihm bitte dass er mich aufsuchen soll sobald er wieder hier ist."

„Sollte ich ihn sehen werde ich ihm das ausrichten."

Sauerbier drehte sich um, machte mit der Hand eine abfällige Bewegung und ging zurück zu seinem Wagen.

„Alle hochgestochen" sagte er zu sich selbst und fuhr zurück ins Präsidium.

Dort lief er gleich Müller über den Weg.

„Was wolltest du eigentlich vom Wallenfels?"

„Warum?"

„Der ist sauber, lasse ihn zufrieden."

„Na ja aber…"

„Übrigens war da ein junger zukünftiger Staatsanwalt aus München bei den Wallenfels und sucht nach einem grünen Jaguar."

„Und was willst du mir damit sagen?"

„Weiß ich nicht, der sucht seine verlorene Freundin oder so, aber es gibt in dem ganzen Fall so viele Ungereimtheiten dass mich bereits alles stört das nicht einhundert Prozent nachweisbar ist, nur so ein Gefühl."

„Du und deine Bauchgefühle. Wo ist da ein Zusammenhang zwischen Starnberg, München, Lübeck und Timmendorfer Strand?"

„War ja auch nur ein Gedanke."

Später bekam Müller die Mitteilung dass weder bei der Sitte noch beim Rauschgiftdezernat einer der Männer auf den Fotos bekannt war. Alle sind unbeschriebene Blätter.

„Sag mal wie soll man da nur den Fall klären. Solch eine Scheiße habe ich schon lang nicht mehr erlebt. Wenn wir nicht bald eine Spur haben, verwischt d e Zeit den Rest."

Er erschrak als das Telefon klingelte.

„Müller" meldete er sich. Dann wurde er still und setzte sich aufrecht an den Schreibtisch. Griff zu einem Bleistift und notierte eine Adresse.

„Danke. Ich hoffe nur das hilft uns weiter."

„Jungs, wir haben eine Spur. Das waren die Kollegen aus Hamburg. Bei einer Wohnungskontrolle spukte der Computer eine Verbindung mit Peer aus."

„Wie jetzt?" fragte Sauerbier. Wie kommt das denn?"

„Soviel ich weiß wurden die Kollegen in Hamburg zu einer Altbauwohnung gerufer da aus der Wohnung seit einiger Zeit unangenehmer Geruch austritt und der Mieter nicht anwesend ist. Daraufhin haben sie die Wohnung geöffnet und festgestellt dass die Düfte von verwesenden Lebensmitteln kommen. Offiziell gemeldet ist in dieser Wohnung ein Peer von Langkowski. Der Computer hat dann die Übereinstimmung des Namens mit unserem Toten ergeben. Die Kollegen haben die Wohnung versiegelt. Wenn wir wollen können wir hin und uns umsehen. Und das machen wir auch umgehend."

In Zusammenarbeit mit den Hamburger Kollegen wurde nun die Wohnung gefilzt. Mülle- kam aus dem Staunen nicht mehr raus.

„Sagt mal was hat dieser Peer getrieben. Habt ihr die
Kontoauszüge gesehen? Ne ganze Menge Schotter. Auch das Gold
und die anderen Dinge. Wo hat der das her? „
„So wie es aussieht sind das alles Bareinzahlungen, keine
Überweisungen" meinte Sauerbier.
Aus dem Schlafzimmer meldete sich Müller.
„Komm mal her, eine ganze Menge DVD´s. Die nehmen wir
vorsichtshalber mal mit, mal sehen was es da zu sehen gibt,
scheinen alles selbstbespielte zu sein. Ich fahr zurück, ihr bleibt
noch hier bis die mit der Spurensicherung fertig sind. Falls ihr noch
etwas Wichtiges findet, bringt es mit."
„Herr Müller kommen sie bitte mal ins Schlafzimmer."
Müller eilte zurück und blieb vor einem Beamten stehen.
„Was gibt's?"
„Sehen sie her, dort an der Gardinenstange ist eine winzige
Kamera angebracht, und der PC da auf dem kleinen Tisch dürfte
das Aufnahmegerät sein."
„Na toll, läuft der oder ist der aus?"
„Ich kenn mich da nicht so genau aus, aber ich glaub der wird
wahrscheinlich durch einen Bewegungsmelder eingeschaltet."
„Machen wir ihn doch mal an."
Müller öffnete den kleinen Kasten, und als er den Bildschirm
betrachtete erkannte er sich selbst.
„Volle Kanne. Ich glaub`s ja nicht. Is ja geil. Abbauen den nehm ich
auch gleich mit. Mal sehen was da so alles drauf ist. Jungs ihr seid
alle Spitze. Ich glaub das bringt uns jetzt alles ein Stück weiter. He
Sauerbier, sag den Jungs hier wenn sie fertig sind hätte ich gerne
schnellstmöglich einen Bericht, und sag ihnen nochmals danke."
Mit dem kleinen Kasten unterm Arm trat er aus dem Haus. Er
blickte nochmals zurück. Schäbiges Äußeres, aber warum hat er

hier und nicht in Timmendorf gelebt, da wär´s ja wesentlich komfortabler dachte er auf dem Weg zum Auto.

In seinem Büro stellte er den Kasten auf den Schreibtisch ab und schaltete ihn sofort ein. Er war zu neugierig um auf die anderen zu warten. Er begutachtete das Ding, stellte fest dass es mit einem PC nichts gemeinsam hat, eher wie ein Player funktioniert. Er drückte auf Start, drückte den Pfeil für schnelles zurücklaufen und kann es kaum abwarten bis gestoppt wird und die Wiedergabe beginnt. Zuerst sah er nur das Schlafzimmer, die Kamera war direkt auf das Bett gerichtet. Plötzlich ein Schatten, dann tritt Peer in den Blickwinkel der Kamera. Er drückte ein Paar Knöpfe und schloss diese. Trotzdem lief die Aufzeichnung weiter. Peer verließ das Zimmer, man hörte wie die Außentüre ins Schloss fiel. Noch zwe Minuten sah man nur das Zimmer. Dann wurde es Dunkel auf dem Bildschirm und die Aufzeichnung wurde gestoppt.

Plötzlich wurde der Bildschirm aber wieder hell. Das Datum von Vorgestern und die Uhrzeit wurden eingeblendet, verschwammen langsam wieder und es war wieder ein Schatten zu sehen. Gespannt starrte Müller auf den kleinen Kasten. Dann trat ein Mann ans Bett, setzte sich und starrte geradeaus, wohin konnte man nicht sehen. Nach einiger Zeit öffnete seine Hose, und begann zu onanieren. Müller staunte nicht schlecht als er den Mann erkannte. Es war Lutz.

„Was zum Teufel treibt der da. Na eigentlich müsste ich neidisch sein. Viel konnte er ja nicht erkennen, aber die Größe seines Schwanzes war überdurchschnittlich. Müller schüttelte den Kopf, wollte nur klare Gedanken fassen. Neu war für ihn dass Lutz diese Wohnung nicht erwähnt hat. Aber er wusste auch von dieser Wohnung. Warum hat er nichts erwähnt. Auf was hat er da gestarrt. Ich muss gleich nochmals Sauerbier anrufen, der muss

sich da nochmals umsehen. Ich möchte nur wissen was da eigentlich vor sich geht?"
-Erpressung- schoss es ihm durch den Kopf. Er schaltete die Kiste aus, griff zum Telefon wählte eine Nummer.

Langsam folgte die Trauergemeinde den beiden Särgen, die durch die engen Grabreihen des Friedhofs geschoben wurden. Michael wurde immer noch von Thorsten gestützt und schritt neben Eckhard und Manuela teilnahmslos dahin. Der Hall der Totenglocke fuhr ihm dabei wie ein Messer in die Magengrube. Ihm war schon ganz schlecht, aber musste durchhalten.
„Es ist gleich vorüber" flüsterte Thorsten und drückte Michael am Arm. Dann fahren wir ins Haus und du kannst dich etwas ausruhen.
Um wen trauere ich eigentlich mehr fragte sich Michael mit einem Mal. „Franz, ja der tut mir leid, er hat den Tod durch den Autounfall wahrlich nicht verdient, und Peer, er hatte doch noch sein ganzes Leben vor sich. Warum musste er sterben? Ich will es eigentlich gar nicht genau wissen, aber irgendwie schon."
Der Trauerzug kam zum Stehen. Die Totengräber ließen die Särge nebeneinander in die schwarz ausgeschlagene Grube sinken.
Peers Mutter brach endgültig zusammen und wurde von ihrem Mann und einigen anderen Trauergästen auf einen Stuhl geparkt während der Geistlich anfing die Trauerrede zu halten. Das alles ging aber an Michael einfach vorbei. Er nahm innerlich Abschied von zwei Menschen die ihm einmal sehr viel bedeutet hatten und auch immer einen Platz in seinem Herzen haben werden. Doch trauern, nein das wollte er nicht mehr. Zuviel war geschehen, zu sehr tat man ihm weh.

„Du ich muss dich alleine lassen, ich muss den Krenz des Gerichts niederlegen, kann ich dich alleine lassen?" fragte Thorsten.

„Ja geh nur, ich halt schon durch, das meiste ist ja vorbei."

Als Lutz den Trauerzug kommen sah, machte er einen Bogen darum und ging durch die Grabreihen auf die Trauergemeinde zu, vermied aber das offene Grab. Er reihte sich hinten ein und verweilte dort mit gesenktem Blick und dachte ein letztes Mal an Peer.

Als die Konsulin zusammenbrach eilte er jedoch mit drei Sprüngen zu ihr und half mit sie auf den Stuhl zu setzen. Danach ging er wieder zurück in die hintersten Reihen. Er wollte nicht neben der Familie stehen und die folgende Beileidsbekundung der Anwesenden über sich ergehen lassen. Er gehörte nicht zur Familie und wusste so auch nicht dass das hier nicht stattfand.

Die Reden waren zu Ende, der Regen begann wieder heftiger zu werden, die meisten Trauergäste verließen sofort den Friedhof zumal die Familie auch keine Beileidsbekundung am Grab wollte. Michael und Thorsten kümmerten sich um die Konsulin und führten sie zurück zum Wagen.

Eckhard erblickte Lutz und bat ihn doch mitzukommen, sie wollten jetzt alle noch in das nahegelegene Jagdschlösschen zum Leichenmal.

„Lass mich bitte nach Hause gehen, ich will mich etwas hinlegen, ich kenne ja auch niemanden außer euch."

„Ja wenn dir das lieber ist, ich kann`s verstehen. Wenn wir dann zuhause sind, stelle ich dich unseren na wie will ich ihn nennen, Ziehsohn, ich weiß nicht wie ich sagen soll, vor. Er ist der Sohn sehr guter Bekannter aus Afrika die beide bei einem Autounfall ums Leben kamen. Er wuchs bei uns mit Peer zusammen auf, und ging auch mit ihm dann nach Bayern aufs Internat. Du wirst sehen, er ist ein ganz netter Kerl, er bleibt noch einige Tage bei uns bevor er zurück nach München geht."

Lutz nahm den angebotenen Schlüssel und machte sich langsam auf den Rückweg zur Villa. Das es schüttete wie verrückt, machte ihm nichts aus. Die Seele wurde dabei gereinigt.

Als sie Manuela ins Auto verfrachtet hatten, sagte auch Michael dass er jetzt lieber alleine wäre als am Leichenmal teilzunehmen. „Ich versteh es Michael, den Schlüssel hast du ja." Eckhard hatte es eilig und stieg ins Auto und verschwand.

Thorsten fragte noch Michael ob er nicht lieber mit ihm kommen soll. Er verneinte aber.

„Versteh mich bitte, ich möchte jetzt nur noch alleine sein. Es war einfach alles zu viel."

„Mach bitte keinen Scheiß. Ruf mich heute Abend an, sonst komm ich hierher und hol dich."

„Nein ich mach keinen Scheiß, ich hab gerade Abschied genommen und werde jetzt endgültig beginnen mein Leben zu leben. Mein Inneres ist jetzt frei für einen Neuanfang." Dass das nicht ganz der Wahrheit entsprach dachte er nur und sprach es nicht aus.

„Das finde ich gut" meinte Thorsten, nahm Michael in den Arm, drückte ihn sanft an sich und gab ihm einen Kuss auf die Wange.

„Bis bald mein Lieber und pass auf dich auf. Bleib ein paar Tage, du hast noch genug Urlaub, ich klär das für dich."

Kommissar Müller war mit Gut Rabenstein verbunden. Frau von Wallenfels sagte zu, gleich nach der Rückkehr ihres Mannes diesen zu Müller zu schicken.

Er legte auf, rieb sich das Kinn, schmunzelte, und dachte bei sich, der wird ganz schön blöd gucken wenn ich ihm zeige was ich gesehen habe. Der muss doch mehr wissen wenn er von der Wohnung weiß, vielleicht ist er sogar einer der Kapuzenmänner.

„Was träumst du vor dich hin" fragte Sauerbier.

„Ich hab mir den Wallenfels einbestellt. Mal hören ob der nicht doch mehr weiß."

„Ach jetzt auf einmal, der ist doch sauber, das waren doch deine Worte."

„Da wussten wir ja noch nicht, was ich jetzt weiß"

„Na was weißte denn jetzt mehr?"

„Schau dir das an."

Er zeigte Sauerbier die Aufnahmen.

„Alle Achtung, der hat ja ein tolles Gerät."

„Du sollst nicht sein Gerät bewundern und auch noch geil werden, sondern dir Gedanken machen warum er uns nicht gesagt hat dass dieser Peer noch eine Wohnung in Hamburg hat. Der weiß doch bestimmt auch etwas über den Freundeskreis seines Geliebten?"

„Da magst du Recht haben, aber trotzdem ist sein Gerät ganz toll."

„Bist wohl neidisch?"

„Nein, wär mir zu groß".

„Na, ist da vielleicht eine andere Ader im Spiel?"

„Du spinnst, ich bin weder ein Schwanzlutscher noch lasse ich mich ficken. Ich bin der Kerl."

„Was regst du dich auf, ich dachte ja nur, wäre doch auch nicht so schlimm, wir sehen hier bestimmt noch ganz tolle Sachen, die vielleicht auch zum Nachmachen anregen, die haben doch alle höllisch Spaß dabei."

„Leck mich, du bist doch pervers." Er lachte, machte kopfschüttelnd eine Handbewegung und verließ das Büro.

Lutz stand vor der schweren Eingangstür zur Villa, drehte den Schlüssel um und öffnete. Langsam stieg er die Treppe hinauf in Peers Zimmer. Jetzt hatte er wieder den Mut sich umzusehen ohne dass er gleich einen Gefühlsausbruch bekommt. Er wollte auch nur schauen, bleiben in diesem Zimmer wollte er nicht. Er zog den Regenmantel aus, warf den Hut auf den Sessel, steckte die Hände in die Hosentaschen und trat ans Fenster. Er schaute in den Garten, Peer war für immer aus seinem Leben verschwunden. Er wusste jetzt auch dass das gut war. Er wurde betrogen und belogen und das wollte er nicht sein ganzes Leben lang durchmachen.
Ein Schauer lief ihm über den Rücken. Er begann zu frieren. Erst jetzt merkte er dass er ganz durchnässt ist. Er ging zurück ins Zimmer, betätigte den Plattenspieler auf dessen Teller eine LP von Milva lag, dann ging er durchs Bad in sein Zimmer und begann sich auszuziehen, schmiss alles auf den Sessel, und ging dann nackt zurück in die Dusche. Er stand am Spiegel, betrachtet sich, und überlegte ob er duschen oder ein Bad nehmen sollte. Da er durchgefroren war, entschied er sich für das Bad. Er öffnete den Wasserhahn, prüfte die Temperatur, goss ausgiebig Badeöl hinzu. Ein verführerischer Duft nach Lemmongras breitete sich aus und dazu die Musik von Milva. Jetzt noch ein Glas Rotwein, und alles ist gut. Er wollte jetzt aber nicht nackt durchs Haus laufen um einen edlen Tropfen zu suchen, so stieg er in die Wanne. Ganz

langsam setzte er sich in das heiße Wasser. Das tat gut. Er streckte sich aus und genoss die Wärme die sich in seinem Körper auszubreiten begann.

Er schloss die Augen und lauschte der Musik. Alles fiel von ihm ab, er war wieder frei, er war erleichtert. Was die Zukunft bringt, das wollte er nicht wissen, an die dachte er in diesem Moment auch nicht. Er wollte nur das Bad genießen.

Auch Michael ging langsam in Richtung Villa. Wie oft war er diesen Weg gegangen, alleine, mit Freunden, mit Franz, sehr oft ja auch mit Peer. Diese Villa war ja zu seinem neuen Zuhause geworden seit er in München war. Erst später siedelte er dann in das Haus von Franz über, er sah es jetzt hinter der Villa liegen. Nein dahinein wollte er niemals mehr. Er ist zwar ein aufgeschlossener junger Mann, hat nichts gegen ausgefallenen Sex, auch nichts gegen SM oder so, aber mit Franz, das ging damals einfach nicht. Seine große Liebe nackt und pervers mit anderen fetten Leibern und wahrscheinlich bezahlten jungen Männern. Er konnte sich auch nicht mehr erinnern ob er die jungen Männer kannte oder nicht. Alles ging damals viel zu schnell. War auch gut so.
Er steckte den Schlüssel ins Schloss und sperrte auf.
Na die sind aber ganz schön leichtsinnig. Nicht einmal abgesperrt haben sie. Er trat ein. Alles war ihm ja so vertraut. Er stand in der Diele, überlegte kurz, ging dann in die Küche um sich einen Tee zu machen. Während das Wasser kochte, zog er seinen Mantel aus, legte ihn über den Stuhl, warf seinen Hut auf den Tisch und überlegte ob er gleich in Peers Zimmer gehen soll oder ob er auf die Gesellschaft warten soll. Eckhard sagte ja noch dass auch ein anderer Gast hier übernachtet, den er ihm vorstellen wollte. Aber das hat ja Zeit dachte er für sich. Einfach nur mal etwas ausruhen.

Er goss seinen Tee auf, nahm die Tasse in die Hand, in der Diele zog er noch seine nassen Schuhe aus und ging die Treppe hinauf in Richtung seines alten Zimmers das direkt neben dem von Peer lag.

Er musste lachen, sie hatten einen gemeinsamen langen Balkon und ein gemeinsames Badezimmer. In der Pubertät trafen sie sich hier öfters um miteinander zu wichsen. War richtig schön dachte er noch.

Peer hatte einen geilen Schwanz, und so viel er sich noch erinnern konnte, wollte dieser ihn damals schon immer seinen Schwanz bei ihm versenken, was er aber jedes Mal ablehnte. Auf Höhe von Peers Zimmer hörte er Musik. Die Lieblingsmusik von ihm. Milva.

Vorsichtshalber klopfte er leise an der Tür, als sich niemand meldete, wer soll sich auch melden, ich bin ja alleine im Haus, die anderen sind beim Essen, aber warum spielt dann die Musik, drückte er den Griff hinunter und öffnete vorsichtig die Türe.

Er trat ein, und augenblicklich schlug ihm ein Duft entgegen, ein Duft den er kannte, aber nicht wusste wohin damit, nur von Peer war der Geruch nicht. Er schaute sich im Zimmer um, sah einen Regenmantel und Hut auf dem Sessel liegen, aber niemand war im Zimmer. Es war total ruhig, nur Milva sang „Freiheit in meiner Sprache heißt Liberta".

Michael ging durch das Zimmer Richtung Balkon. Dabei sah er dass die Badezimmertüre offen stand und er ging auf sie zu. Er betrat das Bad.

Wie vom Blitz getroffen stand er angewurzelt da, die Tasse fiel ihm aus der Hand und zerbrach mit einem ohrenbetäubenden Knall auf dem Marmorboden.

Er glaubte er müsse jetzt sterben, alles Blut wich aus ihm, es wurde kalt und heiß um ihn und in ihm, dann brach er zusammen.

Erst durch den Knall der zersplitterten Teetasse öffnete Lutz seine Augen, erschrak ebenfalls fast zu Tode und sprang mit einem Satz in der Wanne senkrecht hoch. Der Schaum lief an ihm herab als er so dastand, unfähig sich zu bewegen oder etwas zu sagen. Er starrte ihn nur an. Seinen Mike, seinen Michael.

Ihm wurde flau im Magen, und schnell wie ein Pfeil sprang er aus der Dusche und wollte Michael noch auffangen, rutschte jedoch weg und landete neben Michael auf dem Boden. Dass er sich an den Scherben der Tasse aufschnitt das merkte er gar nicht mehr. Er richtete sich langsam auf, kniete sich neben ihn und nahm Michaels Gesicht in beide Hände. Er bückte sich zu ihm hinab und hauchte ihm einen Kuss auf die Lippen.

„Mein Gott, wie lange habe ich auf diesen Moment gewartet. Ich habe mich doch schon damit abgefunden dich nie wieder zu sehen. Michael mein lieber Michael" flüsterte er, dabei zog er Michael immer weiter zu sich, bis dieser mit ihm verschmolz.

Er zog den ohnmächtigen Michael gänzlich auf seine Arme, hob ihn an, und trug ihn langsam zurück ins Schlafzimmer und legte ihn sanft auf das Bett.

Er setzte sich neben ihn, starrte ihn an, ließ seine Hände über ihn gleiten gerade so als ob er es nicht glauben konnte dass er tatsächlich vor ihm lag und nicht ein Gespenst. Erst jetzt bemerkte er dass er blutet und damit auch das ganze Gesicht von Michael verschmiert hatte. Er stand auf, eilte ins Badezimmer, wusch sich die blutverschmierten Hände und das rechte Bein. Die Schnitte hatten zwischenzeitlich aufgehört zu bluten. Dann griff er sich einen Bademantel, schlüpfte hinein und nahm einen nassen Waschlappen mit ins Zimmer um Michael zu säubern.

Lutz kniete sich am Bett neben Michael und reinigte mit dem nassen Lappen dessen Gesicht. Das kalte Wasser ließ die Lebensgeister wieder in Michaels Körper erwachen.

Er schlug die Augen auf, sah Lutz an, schloss die Augen wieder und öffnete sie abermals ganz langsam.

„Bist du es wirklich, täusche ich mich nicht, bist du Peter und was machst du da?"

„Sei still, schone dich noch etwas, ja ich bis und ich bin so froh dass ich dich gefunden habe."

Er beugt sich abermals zu ihm, und gibt ihm einen Kuss auf die Stirn. Michael schlang dabei seine Arme um Lutz und suchte seinerseits seinen Mund um ihn zu küssen. Langsam öffneten sich ihrer r Lippen und ihre Zungen fanden den Weg hinein in die warme Höhle um sich dort zu vereinigen, um mit aller Kraft zu demonstrieren dass auch nach der langen Zeit immer noch das gleiche Gefühl da war, ein Gefühl von Geborgenheit, ein Gefühl von Liebe.

„Ich dachte schon ich sehe dich nie wieder in meinem Leben, und jetzt endlich halte ich dich in meinem Arm. Welch ein Wunder. Bleib liegen, ich hole dir schnell eine neue Tasse Tee, und dann, dann lasse ich dich nie wirklich nie wieder allein, oder ist dir das nicht recht."

Michaels Augen sagten mehr als Worte, „beeil dich und komm, ich will dich einfach nur spüren. Zulange hast du mich warten lassen. Eigentlich sollte ich ja total sauer auf dich sein – aber."

Lutz lief so schnell es ging die Treppe hinab in die Küche, bereitete Tee und eilte zurück zu Michael.

„Sag mal wo bist du die ganze Zeit gewesen" wollte Michael wissen. Du wolltest dich doch mal bei mir melden wenn du von Salzburg zurückfährst. Aber nichts ist geschehen, ich hab ewig auf deinen anruf gewartet, bis mir klar wurde, du willst doch nichts von mir."

„Das ist eine ganz lange Geschichte, eine Reihe unglücklicher Umstände."

„Aber warum bist du jetzt hier im Haus von den Langkowskis. Kanntest du Franz?" fragte Michael.

„Nein, ich war wegen der Beerdigung von Peer hier, den Franz kannte ich ja nicht."

„Und woher kanntest du dann Peer?"

„Ich kannte ihn aus Timmendorf. Dort haben wir uns vor einiger Zeit getroffen und lieben gelernt, noch bevor ich dich auf dem Parkplatz traf. Er wurde zu meiner großen Liebe. Wegen ihm fuhr ich auch nach Salzburg. Wir wollten gemeinsam weg aus Deutschland, wollten in Salzburg leben. Ich wollte dort meine geerbte Wohnung für uns herrichten lassen und Peer wollte dort sein Studium beenden. Aber dazu kam es nicht mehr. Auf der Rückfahrt hatte ich einen Unfall, na ja die Wahrheit, eigentlich einen Kreislaufkollaps, nachdem ich von seinem Tod erfahren hab, und das genau vor meinem Auto auf dem Rastplatz der Autobahn. Ich weiß, ich war nicht fair zu dir, ich hab dich damals einfach stehen lassen und dir auch versprochen mich wieder zu melden, aber bereits da wusste ich, dass ich das nicht kann, denn ich sagte dir ja auch, dass ich meinen Freund, also Peer, nicht betrügen will. Wäre ich doch zu dir gekommen, ich weiß nicht, was dann passiert wäre. Ich mochte dich damals schon sehr, deshalb kam ich auch nicht zurück. Ich hatte Angst, dass ich nicht mehr von dir loskomme."

Aber sag mir mal, woher kennst du Peer, das ist doch das Haus seiner Eltern?"

Michael erzählte in groben Zügen seine Geschichte. Auch sein Verhältnis zu Franz ließ er nicht aus. Immer wieder rannen Tränen über seine Backen und jedes Mal nahm in Lutz ganz behutsam in die Arme, streichelte ihn, küsste ihn hin und wieder und merkte wie die Liebe zu ihm immer tiefer wurde. Er kam sich vor wie auf einer Rutsche die ganz oben am Berg beginnt, und auf der er erst langsam und dann immer schneller hinunterglitt.

Als Michael geendet hatte, und Lutz die Zusammenhänge zwischen ihnen nur ahnen konnte, kam er am Ende der Rutsche an. Wie bei einer Explosion landete er mitten im Feuer, Feuer der Leidenschaft, nein Feuer der Liebe, bereit sofort zu verbrennen, verbrennen an Michael.

Lange sahen sie sich in die Augen. Lutz begann das Hemd von Michael aufzuknöpfen, streifte es ihm vom Leib, öffnete seinen Gürtel und die Hose. Michael ließ es geschehen, legte sich zurück, schloss die Augen und genoss nur noch. Lutz zog Michaels Hose aus, streichelte seine Oberschenkel, beugte sich hinab und biss ihn leicht in die Brustwarzen. Michael bekam eine Gänsehaut, es tat ihm gut, es gefiel ihm. Er rekelte sich auf dem Bett. Vergessen war der Schmerz der Beerdigung, Hoffnung für die Zukunft. Sein Glied wölbte sich in der Unterhose und drängte gegen Lutz. Auch dieser wurde bereits steif, griff zwischen Michaels Beine und knetete langsam und gefühlvoll dessen Eier und rutsche zu Michael auf um ihn zu küssen.

Michaels Schwanz schrie förmlich nach Befreiung. Lutz merkte das wohl und richtete sich auf. Schnell entledigte er sich seines Bademantels und Michael von dessen Slip. Wieder und wieder küssten und streichelten sie sich gegenseitig. Die Körper verschmolzen zu einem. Die Lust und die Gier nach mehr übermannte sie, so gaben sie sich einem Liebesspiel hin das bislang keiner von ihnen kannte und so erlebt hat. Es paarte sich pure Leidenschaft mit tiefer Liebe. Gleichzeitig kamen sie zum Höhepunkt und entluden ihr Sperma in Schüben auf ihren Körpern. Lange noch lagen sie schweigend im eigenen Saft der nun eins wurde mit ihrem Schweiß. Sie wollten und sie konnten sich einfach nicht voneinander trennen.

Lutz stand als erster auf, schlüpfte in seinen Bademantel, ging ins Badezimmer, zog den Stöpsel der Badewanne, wartete bis das Wasser verschwunden war, säuberte kurz die Wanne und ließ neues Wasser einlaufen. Daraufhin lief er in die Küche und holte dort eine Flasche Sekt aus dem Kühlschrank, die er dort vorher schon gesehen hatte. Aus dem Wohnzimmer nahm er zwei Gläser mit und lief die Treppe wieder hoch ins Zimmer. Michael lag immer noch wunderschön anzusehen im Bett und streckte die Arme aus um seinen Liebsten zu umarmen.

„Komm" sagte Lutz „lass uns in die Wanne steigen und unser Widersehen bei einem Glas Sekt feiern.

Ich hoffe es stört dich nicht dass ich nicht in Trauer bin, nicht um Peer und auch nicht um Franz."

„Nein, im Gegenteil, lass uns feiern, wir leben, und die Vergangenheit ist tot."

Lutz taucht als erster ins Wasser, Michael setzte sich rücklings an ihn. So konnte Lutz ihn an sich drücken und festhalten. Für beide war es wie ein Traum.

„Du Peter, ich war auch nicht untätig nach dir zu suchen. Der Abend auf dem Parkplatz hat ja mein Leben verändert. Ich wollte dich wiedersehen. Also habe ich den Polizeicomputer missbraucht und hab versucht über deinen Jaguar und deinen Namen dich zu finden. Aber du warst nicht aufzutreiben, wie verschollen. Ich fand

zwar die Jaguars aus der Lübecker Gegend, aber du bliebst
verschollen. Es gab einfach keinen Peter."

„Scheiße Michael, ich hab da noch was zu beichten. Ich heiße gar
nicht Peter, ich wollte dir anfangs nur den richtigen Namen nicht
nennen. Ich bin Lutz."

„O Gott, dann hab ich mit deiner Frau gesprochen, ohne zu wissen
wie nah ich dir bin."

„Du scheinst mich wirklich zu lieben, aber ich bin doch ein alter
Mann im Gegensatz zu dir."

„Nein, du bist reif, ich liebe ältere Männern, lach nicht, vielleicht
auch deshalb da ich nie einen Vater hatte der mich im Arm hielt.
Das fehlt mir. Ich hab´s auch mit gleichaltrigen Männern schon
probiert. Ja eine kurze Nummer, aber sonst nichts, es gab mir
nichts. Drum blieb ich ja auch an Franz hängen. Der gab mir den
Halt und die Geborgenheit die ich suchte. Bis zu dem Tag in seiner
Villa als ich ihn bei einer Orgie mit anderen erlebte. Da brach die
Welt ein."

Michael erzählte seine Geschichte. Das Wasser wurde kalt und
beide zogen es vor sich wieder anzuziehen, zumal es schon spät
war und sie mit der Rückkehr der Langkowskis rechnen mussten.

„Du Lutz, wie verhalten wir uns den anderen gegenüber. Wollen
wir es ihnen sagen?"

„Nein, wir sagen nichts, verbringen heute die Nacht in unseren
Zimmern, wir haben ja einen gemeinsamen Balkon und eine
Verbindungstür im Badezimmer, und fahren morgen zurück. Du
nach München und ich nach Lübeck. Die beiden brauchen von
unserer Liebe nichts zu wissen."

„Ja das ist gut so, aber nur eins mach ich nicht, ich fahr nicht nach
München, ich fahr noch für einige Tage mit zu dir nach Lübeck,
oder hast du was dagegen. Ich nehm mir dort ein Zimmer in einer

Pension und wir können noch ein paar Tage zusammen sein. Ich hab ja Urlaub bekommen."

„Ein Schelm wer schlechtes denkt." Antwortete Lutz. Aber ich freue mich riesig wenn du mitkommst. So verlieren wir uns nicht gleich wieder aus den Augen."

Lutz hatte ja zuhause schon mit offenen Karten gespielt. Seine Frau wusste von seiner Neigung und hatte sich damit abgefunden und auch im Verwalter einen neuen Liebhaber gefunden.

Also war es für ihn selbstverständlich dass er Michael mit nach Hause nahm. Dieser hatte jedoch ein schlechtes Gewissen und wollte das nicht. Lutz versicherte ihm, dass sie nur eine Nacht auf Gut Rabenstein verbringen würden um dann nach Timmendorf zu fahren um dort in der Villa zu bleiben.

Dem stimmte Michael zu, wollte aber auch nicht eine Nacht auf dem Gut verbringen, sodass ihn Lutz in einem Hotel in Lübeck unterbrachte. Schweren Herzens hat er sich verabschiedet und die Abreise an die Ostsee für den nächsten Tag nach dem Frühstück ins Auge geplant.

Ihn ärgerte es sichtlich diese Nacht nicht mit seinem Liebsten verbringen zu dürfen. Aber nicht auf dem Gut, sondern gemeinsam mit Michael im Hotel und vielleicht sogar im gleichen Zimmer zu nächtigen, das war in der Stadt, in der er so bekannt war einfach nicht möglich. Er hatte sich in sein Schicksal zu fügen. Noch ein zärtlicher Kuss, eine Umarmung und jetzt schon wieder unendliche Sehnsucht im Herzen verabschiedete er sich von Michael und ging zurück zu seinem Auto, stieg ein, wandte nochmals seinen Kopf zum Hoteleingang wo Michael verharrte bis er außer Sicht war.

Nachdem er auf dem Gut angekommen war informierte ihn sogleich seine Frau vom Anruf des Kommissars und der Bitte umgehend bei ihm in Lübeck vorzusprechen. Was er wolle, wisse sie nicht.

Lutz registrierte es und wollte auch gleich morgen dort vorsprechen.

„Du, sagte Lutz, ich möchte mit dir sprechen, wenn es dir recht ist noch heute Abend am besten gleich, ich will mich nur rasch duschen."

„Betrifft es unsere Zukunft?" fragte seine Frau mit hochgezogenen Augenbrauen."

„Ja, aber lass mich rasch unter die Dusche."

„Soll ich uns ein Abendbrot richten oder hast du schon gegessen?"

„Nein habe ich nicht, das wäre echt toll von dir, und dazu einen leichten Roten."

„Also verschwinde und komm dann in die Küche."

Kurz danach saßen sie in der Küche zusammen, aßen belegte Brote und tranken dazu einen guten Roten.

„Was ist los mit dir? Ich sehe doch dass dich etwas bedrückt. Ist es immer noch der Tod von diesem Peer?"

„Nein, das Kapitel habe ich bereits vor meiner Abreise nach Starnberg abgeschlossen. Ich wurde von ihm belogen und betrogen. Jetzt kann ich nachfühlen was du durchgemacht haben musst als ich mein Vergnügen bei Männern suchte. Das tut mir auch unendlich leid. Darum bin ich ja auch so froh dass wir das geklärt haben und dass du in unserem Verwalter eine neue Liebe gefunden hast. Ich wollte dir heute auch sofort sagen dass ich einen jungen Mann mitgebracht habe. Du kennst ihn schon."

„Wer soll das sein, ich kenne doch keines deiner Verhältnisse."

„Ich lernte ihn damals während der Geschäftsreise nach Salzburg bei München kennen, verlor ihn aber wieder aus den Augen. Schon damals wollte ich ihn wiedersehen, aber da wusste ich noch nicht dass Peer mich betrogen hat und wollte kein anderes Verhältnis anfangen. Daher habe ich ihn nicht mehr getroffen und mich auch nicht bei ihm gemeldet und jetzt bei der Beerdigung von diesem Franz da hab ich ihn unverhoffter Weise wieder getroffen. Und du, du kennst ihn als den jungen Mann der nach dem Jaguar und Peter gefragt hat."

„Ach ja, erinnere mich. Der sah ja wirklich gut aus, aber ist der nicht etwas jung für dich?"

„Na ja, schon, aber, was soll`s, er hat sich geschämt und ist in Lübeck im Hotel geblieben. Aber was ich dir sagen wollte ist, dass ich morgen mit ihm nach Timmendorf ins Haus fahren werde. Ich hoffe du hast nichts dagegen, zumal wir den Besitz ja noch nicht aufgeteilt haben, was wir bei Gelegenheit mal in Angriff nehmen sollten."

„Du kannst jederzeit das Haus und die Wohnung nehmen, ich bleibe auf dem Gut und führe es weiter, die Pferde, das ist mein Leben wie du weißt. Auch möchte ich mich nicht scheiden lassen, denn du weißt, noch musst du eine deiner Ahnenpflichten erfüllen. Du musst einen Erben zeugen. Wie du das machst ist mir egal. Nur überleg mal, wenn wir uns scheiden lassen und keinen Nachfolger haben, dann verlieren wir, nein, dann verlierst du das Gut. Ich glaub das ist nicht in deinem Sinn. Aber da du ja bislang noch nichts davon erwähnt hast, muss ich dich eben daran erinnern. Außerdem würde ich gerne die Mutter deines Kindes werden, denn lange genug waren wir ja zusammen. Oder kannst du nicht mehr mit mir schlafen, oder willst du es nicht oder darfst du es nicht?"

„Schmarrn, klar kann und darf ich mit dir schlafen. Du bist meine Frau, und wenn wir uns nicht scheiden lassen, oder zumindest nicht bevor der Nachfolger da ist, dann ist das auch für mich ok.

Und es betrifft nur dich und mich, keinen Anderen. Aber was sagt dein Neuer dazu?"

„Wir haben schon vor längerer Zeit darüber gesprochen. Für ihn ist das ok."

„Na dann sag mir Bescheid wenn es soweit dass du fruchtbar bist, dann erledigen wir das. Übrigens ich finde das ganz gut von dir, wenn auch viel Eigennutz dabei ist. Aber so behalten wir bzw. du alles was wir uns geschaffen haben."

„Es war eine schöne Zeit mit dir, ich wusste ja dass da was im Busch ist, bin froh dass das alles jetzt geklärt ist, dann sind wir beide frei für einen Neuanfang."

„Ja, ich danke dir auch für das Alles, aber jetzt will ich nur noch ins Bett, es war doch ganz schön anstrengend die letzten Tage. „Ich danke dir dafür dass du immer noch so verständnisvoll bist. Habe ich nie gedacht, hätten ja auch schon viel früher drüber reden sollen. Wäre vielleicht einiges anders gelaufen."

„Ist schon gut. Bleibst du heute Nacht hier oder fährst du nach Lübeck?"

„Ich bleib hier, ich kann doch nicht ins Hotel ins Zimmer eines jungen Burschen. Was sagt Lübeck dazu?"

„Das kann ich mir gut vorstellen, willst du morgen Frühstück?"

„Nein danke, ich will mit Michael frühstücken, du verstehst das doch."

„Ja, ist ok."

„Also gute Nacht."

„Ja, schlaf gut."

Seine Frau musste lachen, stand auf, gab ihm einen Kuss auf die Wange und ging ins Verwalterhaus, denn solange ihr noch Mann im Haus war, wollte sie sich nicht mit ihrem Liebhaber hier treffen. Dann schon lieber im Verwalterhaus in heimeliger Umgebung.

Lutz konnte lange nicht einschlafen. So vieles ging ihn durch den Kopf. Jetzt fing er an die letzten Tage erst so richtig zu verarbeiten. Die Vergangenheit erlosch, die Gegenwart war ok, an eine Zukunft mit Michael wollte er in diesem Moment aber noch nicht denken. Zu neu, zu jung war das alles noch.

Am nächsten Morgen fuhr er gleich auf kürzestem Weg nach Lübeck. Er hatte bereits mit Michael telefoniert und mit ihm ein Frühstück außerhalb des Hotels vereinbart.

Beide trafen sich auf neutralem Boden, sodass keiner von beiden in Versuchung kam, dem anderen in der vertrauten und bekannten Öffentlichkeit zu nahe zu kommen, denn in Lübeck war man noch lange nicht so weit wie in München oder Hamburg, dass sich niemand daran stört wenn zwei Männer sich küssen.

„Hast du gut geschlafen" fragte Lutz.

„Ja, wie ein Bär."

„Zuhause hat man mir gesagt ich müsste mich heute noch beim Kommissar Müller in Lübeck melden, da der noch einige Fragen hat. Das will ich gleich nach dem Frühstück erledigen um dann frei zu sein für die nächsten Tage, frei und Zeit für dich mein Schatz."

Dabei schaute er Michael tief in seine Augen. Er spürte wie er darin ertrank, wie in einem See. Unendliche Sehnsucht nach seiner Haut überkam ihn. Er sah sich kurz um, niemand schien sie zu beobachten, da griff er schnell nach seiner Hand, streichelte sie, lachte und sagte „ich bin verliebt wie ein Primaner. Ich will dich riechen und deine Haare wuscheln und noch unvorstellbar mehr."

Michael fühlte sich geschmeichelt. Schon lange hatte er so etwas nicht mehr gehört. Er legte seine andere Hand auf die von Lutz und sagte zu ihm „ich liebe dich so sehr, dass es schon richtig weh tut."

Beide mussten sich zwingen wieder zu ihrem Frühstück zurückzukehren.

„Wirst du lange auf dem Revier brauchen?"

„Ich weiß es nicht, aber wenn du willst kannst du ja mitkommen, ich hab nichts vor dir zu verbergen."

„Ich weiß nicht recht, macht das nicht einen doofen Eindruck wenn ich mitkomme?"

„Nein, der Müller weiß doch eh dass ich schwul bin. Es sei denn, du hast damit ein Problem dass du wegen mir in die gleiche Schublade gelegt wirst."

„Nein hab ich nicht. Wir können ja nicht unser Leben lang Katz und Maus mit den anderen spielen. Ich komm mit."

Nach einer halben Stunde saßen sie gemeinsam im Büro von Kommissar Müller.

„Danke dass sie gekommen sind. Ich habe da noch einige Fragen an sie." Er sah zu Michael und fragte Lutz ob er lieber nicht alleine mit ihm reden wolle, es ginge ja doch um sehr intime Fragen.

„Ist schon in Ordnung, der junge Mann kann das alles mithören, er weiß eh über alles Bescheid" log er, ohne rot zu werden.

„Na ja, wenn sie es so wollen, mir soll es recht sein. Also, warum haben sie uns nicht gesagt dass Peer noch eine Wohnung in Hamburg hatte. Eine Wohnung mit ziemlich viel Überraschungen wie sie sicher wissen."

Lutz überlegte ob er das abstreiten sollte oder zugeben, die wussten bestimmt schon mehr.

Müller drehte den kleinen Player mit dem Bildschirm in Richtung der beiden Herren und startete die Aufzeichnung. Er lehnte sich zurück und verschränkte die Arme vor der Brust.

„Sie hätten es auch nicht abstreiten können, sehen sie selbst."

Der Film begann genau da als Lutz das Schlafzimmer betrat, sich auf das Bett legte und zu onanieren begann.

Lutz wurde total verlegen, wandte seinen Blick weder zu Müller noch zu Michael. Letzterer starrte wie gebannt auf die Bilder ohne eine Reaktion zu zeigen.

„Was soll das?" fragte Lutz in die Stille.

„Das haben wir in dieser Hamburger Wohnung gefunden. Dazu eine Menge an Geld, Gold, Sparbüchern usw. Dem Datum der Aufzeichnung nach waren sie lange nach dem Tod von Peer in dieser Wohnung. Warum?"

„Mir kam vor der Abreise nach Starnberg nur so der Gedanke, da sie bislang ja noch keine Ausweispapiere von Peer gefunden hatten, dass er vielleicht noch seine Studentenbude in Hamburg hatte und dort die Papiere zu finden sind. Darum hab ich vor der Abreise nach Starnberg beschlossen in die Wohnung zu fahren. Und richtig, Peer hatte sie nicht aufgegeben. Doch was ich da alles vorfand hat mir den Boden unter den Füssen weggezogen. Zuerst hat mich das alles wieder an Peer erinnert, es war ja die Wohnung wo wir uns anfangs trafen und liebten. Das Gefühl war so stark, na ja, sie sehen es ja selbst. Aber danach, als ich mich in der Wohnung umsah, und all die Dinge sah, die ich vorher in dieser Wohnung nicht zu Gesicht bekam, kam mir der Gedanke dass er das ja alles irgendwie verdienen oder so ähnlich, musste, oder?"

„Doch mit was" fragte Müller.

„Wir haben alles Mögliche schon gesichtet, keine Erpressung bekannt, kein Drogenhandel, keine Prostitution usw. Wir sind mit unserem Latein am Ende. Aber wir haben auch Fotos gefunden, die können wir nicht richtig einordnen. Da sind neben Peer auch noch andere junge Männer in eindeutigen Posen drauf und vor allem auch Männer mit schwarzen Kapuzen. Würden sie mal einen Blick darauf werden, vielleicht erkennen sie jemand?"

Lutz nahm die Bilder entgegen, besah sie sich und schüttelte den Kopf. Außer Peer kenne ich da niemanden, habe ich nie gesehen."

Michael neben ihm wurde ganz unruhig. „Wie damals bei Onkel Franz, die hatten auch schwarze Kapuzen auf. Den Anblick vergesse ich nie."

„Was meinen sie damit Herr..."

„Kant, Michael Kant. Ich hatte in Starnberg einen Bekannten der liebte derartige Spielchen."

„Würden sie auch mal einen Blick auf die Fotos werfen."

Michael zog eines der Fotos vom Tisch, aber er erkannte nur Peer. Auch auf den anderen Fotos erkannte er niemanden.

„Schade sagte Müller, war ja einen Versuch wert. Haben sie noch eine Minute, dann zeige ich ihnen Beiden noch Fotos die wir auf dem PC von Peer gefunden haben. Vielleicht ist etwas brauchbares dabei. Sie sind mittlerweilen unsere letzte Hoffnung Herr von Wallenfels. Sie haben Peer besser gekannt und vielleicht unbewusst auch mal einen Bekannten von ihm gesehen."

Müller wählte eine Nummer auf seinem Telefon und bat um den PC von Peer. Ein junger Polizist betrat den Raum und stellte den Laptop auf dem Schreibtisch ab.

Müller schaltete ihn an und suchte in der Datei nach den Serienfotos.

Er drehte ihn um und zeigte Lutz und Michael die Bilder.

Eine ganze Reihe wurde durchgeblättert.

„Halten sie mal an „ sagte Michael. Da auf dem Foto mit den Kapuzenmännern, erkennt man ja keinen, aber die Einrichtung, die kenne ich."

Müller sprang auf, eilte um den Schreibtisch, sah sich das Bild an und fragte sofort „wo ist das?"

„Gibt's noch mehr Bilder" fragte Michael und Müller drückte einfach weiter.

„Ja, das ist in der Villa von Onkel Franz. Besser gesagt ist der Saunabereich."

„Sind sie sich sicher."

„Ja natürlich, ich lebte ja lange genug in der Villa. Da kennt man so manches."

„Erkennen sie jemanden?"

„Nein, nicht. Aber der Figur nach könnte das eine gut auch Onkel Franz sein. Aber sicher bin ich mir dabei nicht."

Jetzt bohrte Müller nach. Er wollte wissen wer dieser Onkel Franz und wo die Villa ist und von Lutz wollte er wissen ob Peer jemals Onkel Franz erwähnt hatte.

Michael erzählte von der alten Villa am Starnberger See und dass Onkel Franz eigentlich nicht sein Onkel war, sonder nur ein sehr guter Bekannter der sich sehr um ihn gekümmert hat, und als Richter in München tätig war, aber nun vor kurzer Zeit einen schrecklichen Unfall im Gebirge hatte, bei dem er zu Tode kam. Lutz dagegen konnte dazu keinerlei Angaben machen. Den Richter lernte er nur durch die Eltern von Peer kennen, was heißt kennen, er fuhr sie zu seiner Beerdigung. Sonst nichts.

Nachdem die Fragen so gut wie möglich beantwortet waren, wurden beide entlassen, sollten sich jedoch weiterhin zur Verfügung halten.

„Jetzt hab ich endlich was Festes in der Hand, nun kann die Maschinerie anlaufen. Sauerbier " schrie er und als dieser eintrat sagte er gleich zu ihm, „setzt dich mal hin, sonst fällst du um. Der

Kleine von gerade, der hat den Knoten durchgeschlagen. Unsere Spur führt ins Bayerische.

Ich hab die Anschrift von einem Franz von Lankowski aus Starnberg, der war der Onkel von Peer und der Liebhaber vom Kleinen. Mal sehen was da alles an die Oberfläche steigt wenn wir den Sumpf durchkämmen."

Du rufst in Starnberg an, versucht was herauszubekommen, und ich ruf in München an, bitte um Amtshilfe, vielleicht können wir ja auch selbst ermitteln."

„Ich glaub eher dann schaltet sich wieder Mal das BKA ein" entgegnete Sauerbier.

„Das glaub ich nicht. Aber auch das müssen wir in Kauf nehmen. Und dass da ein Zusammenhang zwischen dem Ostseemord und dem Unfall in Bayern vermutet wird, brauchen wir ja nicht an die große Glocke zu hängen."

„Ich hab doch schon mal in München mit dem leitenden Staatsanwalt gesprochen. Wie war nur der Name. Ich hab ihn irgendwo aufgeschrieben."

Er suchte die ganze Akte durch, fand den Zettel und wählte die Nummer.

Zuerst meldete sich eine Frauenstimme aus dem Vorzimmer von Oberstaatsanwalt Bethmann. Von dort wurde er direkt verbunden.

„Herr Oberstaatsanwalt wir hatten schon einmal miteinander gesprochen. Da ging es um den jungen Staatsanwalt der"

„Ja, ja ich weiß noch", unterbrach er ihn sofort. „ Was hat er nun schon wieder ausgefressen?"

„Nein darum geht es nicht mehr und was Neues ist mir auch nicht bekannt, aber er ist derzeit mit einem Freund hier in Lübeck und hat uns zufällig bei der Aufklärung eines Mordes einen eindeutigen und wichtigen Hinweis gegeben."

„Schau an, unser Sprössling" dachte er. Zu Müller sagte er aber „sprechen sie, um was geht es in der Sache, und warum rufen sie bei mir an?"

„Na ja, ich kenne sonst niemanden in Bayern, und bis ich die örtliche Polizei davon informiert habe, und mich diese dann wahrscheinlich an das BKA verweisen, dachte ich, ich rufe sie erst an, da wir uns ja schon wegen des, wie sagten sie, des verliebten jungen Mannes, kennen, der seine Freundin sucht."

Das hat hoffentlich gesessen dachte er noch im Nachgang.

„Also dann erzählen sie erst mal in groben Zügen um was es da geht."

Müller erzählte den ganzen Fall, aber Bethmann konnte bislang noch keine Verbindung nach Bayern finden.

„Was glauben sie ist dann die Verbindung nach Bayern?"

„Ja, jetzt kommt der Michael ins Spiel. Bei einer Routinebefragung des Herrn v. Wallenfels zu den gefundenen Fotos konnte dieser niemanden erkennen, aber der angehende Herr Staatsanwalt kannte die Umgebung auf den Fotos. Er erkannte die Sauna im Haus des Herrn v. Langkowski, dieser war lange Zeit der Liebhaber von Michael."

„Halt, halt, was sagen sie denn da jetzt alles. Sie bezichtigen meinen Mitarbeiter der Homosexualität. Ich muss doch schon sehr bitten. Nur weil er die Saunalandschaft im Haus des Herrn Langkowski wiedererkennt ist er doch nicht gleich schwul. Und des Weiteren darf ich ihnen noch mitteilen dass es sich bei Herr von Langkowski hier um einen angesehenen Richter am Oberlandesgericht in München handelt. Es ist doch nicht anzunehmen dass sie den Richter mit ihrem Mord in Verbindung bringen. Es handelt sich hier um eine angesehene Persönlichkeit, und außerdem ist der Richter vor einiger Zeit tödlich verunglückt.

Solange sie keine anderen Beweise haben, die ihn eindeutig mit einem Mord in ihrem Zuständigkeitsbereich in Verbindung bringen, bitte ich sie derartige Unterstellungen zu unterlassen. Es ist auch besser dass sie sich direkt an das Bundeskriminalamt wenden, denn diese Herren dürften ja wohl für ihren Fall zuständig sein. Oder soll ich mich mit denen in Verbindung setzen?"

„Nein, so war das Ganze auch nicht gemeint, selbstverständlich werde ich das BKA verständigen und die sollen dann die weiteren Ermittlungen vorantreiben."

„Das ist auch bestimmt im Interesse der Gerechtigkeit, denn bis zur Verurteilung gilt immer noch die Unschuldsvermutung. Und damit dürfte sich unser Gespräch erledigt haben. Guten Tag mein Herr Kommissar."

Müller hielt den Hörer noch in der Hand. „Da hab ich wahrscheinlich ganz schön im Sumpf zu fischen begonnen. Aber der hat ja eine Art an sich. Na ja, hab ich halt Pech gehabt, muss ich den Fall tatsächlich beim BKA melden. Es stinkt, und ich komme noch drauf wer der Kopf ist, von dem aus der Fisch stinkt."

„Hast genau das Gegenteil erreicht oder?" fragte Sauerbier. „Wir müssen nochmals gründlich alles durcharbeiten. Vielleicht finden wir noch was."

„Und wann willst du das BKA verständigen?"

„Gar nicht, hab ich doch total vergessen" lacht er.

Behtmann lehnte sich in seinen Sessel zurück. „Was für ein Sündenpfuhl" sagte er laut vor sich hin.

Im Haus vom Richter Sexpartys mit jungen Männern. Unvorstellbar, aber bestimmt geil, hätte ich bestimmt auch Spaß dran gehabt. Ist doch auch nicht verboten, nur etwas anrüchig in diesem Kreis. Und dass der Richter auf Jungs steht war mir gänzlich unbekannt, aber von mir weiß es ja auch keiner, hoffentlich.

„Und Michael ist ja bei Franz mehr oder weniger aufgewachsen Warum also sollte Franz und Michael nicht tatsächlich ein Verhältnis gehabt haben, hoffentlich nicht bevor dieser Sechzehn war. Aber noch steht ja nicht fest dass es sich bei einem der Kapuzenmänner um den Franz handelt. Wenn da keine weiteren Bilder auftauchen, und der wäre ja ganz schön blöd gewesen wenn er sich dabei hätte fotografieren lassen, dann haben die da Oben halt Pech.

Aber der Michael, ist mit einem Freund, dem Lutz von Wallenfels, der auch auf der Beerdigung war, nach Lübeck gereist. Da schau her, was bin ich für ein Trottel, und ich geb ihm auch noch Urlaub. Sauhund verreckter, du gehörst mir und nicht dem Preußen. Vielleicht hat ja der seinen eigenen Liebhaber umgebracht. Nein, glaub ich nicht. Ach was sollst, das BKA soll sich einschalten und ich werd mir den Michi vorknüpfen, einfach mal härter anfassen, wer weiß auf was der abfährt." Diese Gedanken sprach er aber lieber nicht laut aus.

Er stand auf, ging aus dem Zimmer und sagte der Vorzimmerdame Bescheid sie möchte doch mal in Erfahrung bringen wer beim BKA für einen Mord in Timmendorf und einem Verdächtigen in München zuständig ist.

„Und ich will so schnell als möglich eine Antwort."

Es klopfte an seiner Tür. Frau Rebsam trat ein und meldete dass das BKA bislang noch nicht informiert sei, und nach der kurzen Schilderung der beiden Fälle hier nicht einschalten würde. Das sei im Bereich der Kripo München und Hamburg, wobei Hamburg federführend sei da dort der Mord begangen wurde. Es kann die Kripo München hier beim Verdächtigen selbst untersuchen oder auch Amtshilfe leisten und Hamburg selbst ermitteln lassen, was die beiden Stellen selbst vereinbaren müssen."

„Danke."

Nein dachte er, hier ermitteln wir selbst, und ich zieh mir auch den Fall gleich an Land.

Bethmann rief bei der zuständigen Abteilung an, und bat Kommissar Simmerl zu einer Besprechung zu sich ins Büro.

Diesem erzählte er den Fall so, wie er ihn von Müller geschildert bekam.

„A, des glaub i net, der Franz is doch net schwul. Ja, a Sonderling, aber doch net schwul. Herr Oberstaatsanwalt, des glaums doch selber net."

„Nein, tu ich auch nicht. Aber wir sollten so schnell als möglich den Fall an uns ziehen und die Ermittlungen aufnehmen bevor die Fischköpfe da bei uns vorbeischauen wollen."

„Da hams recht. I fax di an, di solln mir die Fotos schicka und dann fang i a."

„Aber Simmerl, vorerst kein Wort an die Anderen. Wir wollen das Bild des Richters nicht in den Dreck ziehen."

„Ja freili, abgmacht."

So das hätten wir erstmals dachte Bethmann. Bei den Ermittlungen bin ich dabei.

Am Nachmittag sprach Simmerl bereits wieder vor.

„Da i hab die Fotos. Erkenna kann ma koan. Ner die junga, die ham alle koa Mützen auf. Also wo soll da der Richter sa?"

„Wir fahren jetzt gleich mal nach Starnberg raus. Der Bruder von Franz ist ja noch da, und der hat sicher einen Schlüssel zur Villa, und da sehen wir uns mal um.

Gleich drauf saßen sie im Auto auf dem Weg nach Starnberg. Dort angekommen sprach der Oberstaatsanwalt mit dem Herrn Langkowski in aller Vertraulichkeit. Er schilderte den Vorwurf aus Lübeck und bat um Verständnis dafür dass sie sich in der Villa umsehen möchten um dem Ansehen seines Bruders nicht unnötig zu schaden.

Der Konsul war sofort damit einverstanden, gab ihnen den Schlüssel und wollte selbst aber nicht mitkommen. Er wollte jedoch gerne wissen wer solche Ungeheuerlichkeiten über seinen Bruder in die Welt setzt. Darauf wollte und durfte Bethmann ke ne Antwort geben.

Ihm war es wiederum recht dass er alleine in die Villa durfte.

Die Villa kam ihnen fast unheimlich vor. Nichts modernes, alles alt und viel ausgestopftes Wild. Manches erinnerte ihn sofort an sein eigenes überladenes zuhause.

Sie wussten ja, wo sie suchen sollten. Bald fanden sie den Zugang zur Sauna. Aber auch dort konnten sie nichts Verdächtiges finden.

Also gingen sie wieder nach oben, durchsuchten systematisch jedes Zimmer, fanden weder eine Kapuzenkleidung noch irgendwelche Fotos.

„Also hatten wir doch recht, unser Richter war das nicht er ist sauber."

„Oba der Michi hat doch de Sauna kennt."

„Sehen die nicht fast alle gleich aus. Hier auf diesem Foto, ist ja nur der Pool zu sehen vor dem dieser dickliche Mann steht.

Könnte der sein, aber auch ein anderer. Was richtig Markantes gibt's doch da nicht, oder täusch ich mich?"

„Na, glaub net."

„Ich hoffe nur, dass die Hamburger nachgeben" sagte der Bethmann während er die Villa wieder abschloss.

Sie gaben den Schlüssel zurück und fuhren nach München. Während der ganzen Fahrt haben sie kein Wort mehr gesprochen. Bethmann rief dann gleich nochmal in Lübeck bei Müller an.

„Wir waren jetzt in der Villa, haben alles durchsucht, ohne Ergebnis. Die Saunaeinrichtung könnte auch in irgendeiner anderen Villa sein. Nichts Außergewöhnliches zu finden von dem man sagen könnte es ist diese Sauna. Ich werde jedoch sofort nach Ankunft des Herrn Michael Kant diesen dazu befragen. Wie weit sind ihre Ermittlungen fortgeschritten? Wie sie ja wissen nimmt sich des BKA derzeit dem Fall nicht an, sodass wir uns hier in München und sie in Hamburg selbst darum kümmern müssen."

„Ja ich weiß log er. Zwischenzeitlich sind noch weitere Fotos aufgetaucht. Ich werde sie ihnen übermitteln, sehen sie dann selbst, das ist keine Kleinigkeit mehr. Hier wurden verschiedene junge Männer bei Sexspielen getötet."

Bethmann erschrak.

„Mann das kann doch nicht sein, sind sie sicher dass es sich hierbei um die gleichen Männer handelt wie auf den Fotos in der Sauna?"

„Ja, da bin ich mir ziemlich sicher."

Um die Kontrolle bei dem Fall zu behalten bot er dem Kommissar folgendes an.

„Was halten sie davon wenn sie sich in den Flieger setzen und zu mir nach München kommen. Ich bin in diesem Fall hier der leitende Oberstaatsanwalt."

„Gern, ich klär das hier ab und melde mich wieder."

„So, doch Angst, es könnte was dran sein." Dann wollen wir mal dachte Müller.

Lutz traf mit Michael in Timmendorf ein. Dieser war sehr beeindruckt von der Größe des Hauses und vor allem von der geschmackvollen Einrichtung. Alles sehr modern und großzügig. Nicht so kleinbürgerlich wie bei Franz oder Thorsten.

Lutz zeigte ihm die Räumlichkeiten und auch das Zimmer das er für ihn gedacht hatte.

„Ich dachte mir dass du nicht im Schlafzimmer im Ehebett nächtigen willst oder?"

„Nein, nicht wirklich. Das hier ist schon gut. Toller Blick auf die See."

„Ja, hier hielt ich mich meistens auf wenn ich da war, nur selten habe ich im gemeinsamen Schlafzimmer geschlafen. Unsere Ehe war ja schon lange kaputt."

„War Peer auch hier?"

„Nein, niemals, für ihn hatten wir eine Wohnung etwas weiter den Strand rauf in einem riesigen Apartmenthaus. Dort trafen wir uns auch."

Michael warf seine Tasche aufs Bett, zog die Schuhe aus und ging nochmals ans große Fenster. Lutz stellte sich hinter ihn, umfasste ihn, küsste seinen Nacken und hielt ihn ganz fest.

„Michael ich liebe dich, ich brauche dich und ich möchte dass du bei mir bleibst."

Bei diesen Worten stellten sich Michaels Härchen auf den Armen auf. Schmetterlinge im Bauch begannen aufzufliegen und ein Schauer lief seinen Rücken hinab.

Er drehte sich langsam um indem er die Hände von Lutz festhielt, sah ihn tief in seine Augen, gab ihm einen leichten Kuss auf die Wange und machte sich los von ihm.

„Ich möchte duschen. Ist das möglich?"

Lutz fühlte sich in diesem Augenblick zurückgestoßen. „Warum" dachte er.

„Ja, komm ich zeig dir alles. Fühl dich so, als ob das hier dein Haus ist."

„Danke, ich fühl mich wohl bei dir aber ich möchte nicht dass dieses Haus jemals mein Zuhause wird."

Wieder dachte Lutz „warum".

Nachdem Michael geduscht hatte, schlang er sich ein weißes Frottierhandtuch um seine Hüften, schüttelte sein Haar auf und suchte im Haus nach Lutz.

Diesen fand er im großen Wohnzimmer mit einem Glas Rotwein in der Hand und gedankenverloren auf die See starrend.

„Was denkst du?" fragte er.

Lutz drehte sich um, konnte im selben Moment nicht mehr sprechen. Wieder sah er den perfekten durchtrainierten Körper seines Freundes. Aber er dachte an die Zurückweisung von eben.

„Ich musste nochmals an deinen Onkel Franz in München denken."

„Hallo, er war nicht mein Onkel, ich sagte nur Onkel Franz zu ihm, er war der Onkel deines Liebhabers. Sag du mir lieber, was war so besonderes an diesem Peer. Warum hat er dich so in seinen Bann gezogen dass du nicht gemerkt hast was da eigentlich abgeht. Kann man wirklich so naiv sein, so verschossen um vor allem die Augen zu verschließen?"

Lutz hob den Kopf, sah in an, ging an ihm vorbei und fragte beiläufig „möchtest du auch ein Glas Wein?"

„Sorry Lutz, es tut mir leid. Das war nicht fair. Mir ging´s ja auch nicht anders mit dir. Ich hab dich ja auch gesucht und hab Dinge getan, die ich nicht hätte tun dürfen. Ich war ebenfalls blind. Bitte verzeih mir und ja, ich möchte auch ein Glas Wein, aber noch viel lieber jetzt doch in deinen Armen liegen und an unsere Zukunft und nicht an die Vergangenheit denken."

Lutz hatte bereits sein Glas abgestellt und kam auf Michael zu. „Du musst dich nicht entschuldigen, du hast Recht. Ich hätte eigentlich auf das Doppelleben aufmerksam werden müssen. Aber du weiß ja selbst, Liebe macht blind."

Er drückte Michael sanft auf das Sofa, zog dabei das Handtuch von seinen schmalen Hüften und kniete sich langsam vor ihn.

„Ich liebe dich anders als ich Peer geliebt habe, bei Peer war , glaube ich, auch mehr die Möglichkeit mein schwules Leben hier geheim weiterleben zu können, mit einem Mann hier in der Nähe. Bei dir sind es die Schmetterlinge in meinem Bauch, die nicht aufhören zu flattern. Bei dir ist es das Gefühl als ob ich dich schon ewig kennen würde und wir uns schon immer geliebt haben. Bei dir sehne ich mich nach Zärtlichkeit, einem langen innigen Kuss. Bei Peer gierte ich nach ausgefallenen geilem Sex. Ja, nur Sex, das wurde mir in den letzten Tagen bewusst. Ja, wenn ich dich so nackt vor mir liegen sehe, dann will ich auch mit dir Sex haben, den ich aber dann nicht so nennen möchte, sondern das Ziel der Liebe die zwei Körper verbindet. "

Michael zog in langsam zu sich auf das Sofa, nahm seinen Kopf zwischen seine Hände und küsste diesen wunderbaren Mund. Ja, er wollte sich diesem Mann bedingungslos hingeben, in seinen Armen verbrennen und sich dann am Ende in einem Orgasmus ins All katapultieren lassen. Er spürte wie er eine Erektion bekam, wie

Lutz ganz sanft seine Lippen von seinen zurückzog und sein Glied mit diesen Lippen umschloss, er wusste das war der Start in All.

Kommissar Müller bekam das OK für den Flug nach München. Er wollte jedoch nicht allein ermitteln, so nahm er auch Sauerbier mit.

„Na dann komm ich ja endlich mal ins Hofbräuhaus" meinte der.

„Das kannst du dir ganz schnell abschminken. Wir arbeiten und saufen nicht in München und außerdem werden wir wohl mehr in Starnberg sein. Da spielt die Musik mein Herr."

„Spielverderber."

Am Flughafen wurden sie von Kommissar Simmerl empfangen.

„Na, sans ja endlich kimma. Grias God und kommers ner glei mit, da Herr Owerstaatsanwalt woat nämlich scho auf sie. I bin der Simmerl und ker me zum Stab."

„Danke" sagte Müller, „das hier ist Kommissar Sauerbier und der wird mir bei den Ermittlungen helfen."

„Ja pfundig, wenn des Bier bei uns so waer wie der hoist, na dann pfirdi God. Aber wie gsagt, kimmers mir foarn."

„Hast du ein Wort von dem verstanden was der gerade gesagt hat" fragte Sauerbier im Gehen.

„Nein nicht alles, nur so viel, dass wir wahrscheinlich nach München zum Oberstaatsanwalt gebracht werden."

„Wenn die alle hier so sprechen, sollten wir einen Übersetzer anfordern."

„Nein, ich hab ja schon mit diesem Oberstaatsanwalt telefoniert. Der spricht in etwa wie wir."

„Na da merkt man halt dass einer studiert hat" meinte Sauerbier darauf.

Während der Fahrt zum Präsidium erklärte Simmerl die Gegend und die Sehenswürdigkeiten. Hätten die beiden Nordmänner nicht schon mal diese Gegend am Fernsehgerät gesehen, dann hätte man ihnen München auch als Venedig oder Rom verkaufen können, denn beide verstanden nichts, aber auch gar nichts. Oberstaatsanwalt Bethmann begrüßte die beiden Nordlichter etwas zu kühl, damit wollte er gleich von Anfang an eine Distanz aufbauen.

„Wir dürften ja alle auf demselben Level sein und so schlage ich vor, dass wir auch sofort nach Starnberg fahren. Der Herr Konsul erwartet uns bereits und ich habe für sie beide auch schon Zimmer im Starnberger Hof gebucht, da ich davon ausgehe dass wir die Ermittlungen wohl dort auch zu Ende bringen werden."

Müller und Sauerbier waren einverstanden.

„Meinethalben können wir starten, je früher wir beginnen desto eher sind wir fertig. Ist es weit bis Starnberg?"

„Na, a guate halbe Stund, dann san ma da" antwortete Simmerl.

„Auf geht's."

Auf der Fahrt nach Starnberg tauschte Müller und Bethmann nochmals die bekannten Details aus. Müller gab Bethmann auch die erwähnten neuen Fotos, auf denen auch mehr vom Saunabereich zu sehen war.

Hier waren auch die jungen Männer zu sehen, wie sie in den Ringen oder am Andreaskreuz hingen, mit hängenden Kopf, geknickten Beinen und abgeschnittenen Genitalien.

„Das sind doch wirklich keine Menschen die so etwas machen" murmelte Bethmann leise vor sich hin.

„Ja, und das schlimmste ist ja, dass wir bisher keinen dieser Jungen gefunden haben. Auch wird keiner vermisst. Das ist alles so sonderbar. Ich habe schon den Gedanken gehabt, dass es sich vielleicht um Jungs aus den Ostblockstaaten handelt, denn die vermisst wirklich niemand. Aber bisher keine Hinweise. Ich hoffe nur die bringen uns weiter" sagte Müller.

„Ja auf diesen Fotos sind auch mehr Details sichtbar. Es könnte wirklich die Sauna sein, denn an dieses Bild an der Wand von diesem David kann ich mich erinnern" entgegnete Bethmann.

„Ja ja, an so schöne nackte Männer erinnert man sich ja auch gerne, oder" schnippte Sauerbier zynisch ein.

„Was soll das denn heißen?" fragte Bethmann.

„Nichts, nur das man so etwas heute ja nicht mehr live zu Gesicht bekommt, es sei denn man treibt solche Spielchen wie sie hier wohl getrieben worden sind."

„Das wollen wir ja hier abklären, und nicht schon vorher Schlüsse ziehen" antwortete Bethmann.

Dann war man auch schon in Starnberg vor der Villa Langkowski angekommen.

„Was für ein Kasten" entfuhr es Müller. „Sowas baut man heute auch nicht mehr."

Bethmann stellte die beiden dem Konsul vor, erhielt den Schlüssel und alle fünf machten sich sofort auf den Weg zur anderen Villa.

„Da möchte ich aber nicht wohnen" meinte Sauerbier.

„Gell des gfallt dir net. Mir aber a net."

„Na dann steigen wir mal in den Saunabereich ab" sagte Bethmann und ging voraus. Die anderen folgten.

„Doch, hier sind wir richtig. Seht mal da ist das Foto. Aber alles aufgeräumt wie ich sehe. Wir werden da die Spusi brauchen. Fingerabdrücke, Blut Sperma, die ganze Palette. Dann werden wir ja sehen was der Herr Richter so alles getrieben hat und vor allem mit wem" sagte Müller so vor sich hin.

„Ja da haben sie recht, die Fotos sind eindeutig" ich fordere die Spusi sofort an" ergänzte Bethmann und griff nach seinem Handy. Zwischenzeitlich untersuchten die beiden aus dem Norden die Sauna genauer.

Simmerl ging um den Pool herum, betrachtete das Wasser und die Bänke davor, lehnte sich an die Wand, genauer gesagt ans Bild, und war plötzlich verschwunden.

Bethmann hörte nur das Schlagen einer Tür und den entsetzten Schrei von Simmerl.

„Wo bist du?" rief er und rannte zum Pool zurück. Da hörte er hinter der Wand das laute Fluchen des Kommissars.

„Simmerl, wie bist du hinter die Wand gekommen"? schrie er.

„Ich hab mi ans Buidl glont und dann war i a scho durch."

„Wart ich versuch es auch mal."

Bethmann eilte zum Bild, drückte dagegen und wie von Geisterhand schwang die Tür zurück.

„Na bravo" meinte er, „hier sind wir ja richtig. Mach mal Licht, da ist der Schalter, das bisschen aus dem Kellerfenster reicht nicht um das alles zu begutachten."

Simmer drehte sich um, sah den Schalter und betätigte ihn. Neonlicht flutete den Raum.

„Ja da legst de nieder" meinte er. „Ja Sauerei, ja pfui deivel. Schaues mal her Herr Owerstaatsanwalt. Lauter Gummipimmel und Peitschn, ja sogar Zange, was macht ma denn mit dem Zeig?"

Betmann dachte, das sag ich dir lieber nicht, aber das ist was vom ganz Feinen. Da würde ich ja auch gleich Lust bekommen. Er spürte auch schon wie sein Schwanz sich regte.

„Ja Simmerl, das weiß ich auch nicht. Aber hol doch mal die beiden anderen Herren herein. Ich glaub wir machen hier weiter."

Bei der genaueren Durchsuchung wurden weitere Gerätschaften wie ein Andreaskreuz, ein Frauenarztstuhl, Ketten, Fesseln usw. gefunden. Durch eine kleine Nebentüre betrat Bethmann einen weiteren Raum. Dort gab es verschieden Fotoapparate und Kameras. Auch waren Videorekorder zu sehen, einfach gesagt ein kleines Studio.

Bethmann schloss die Türe und ging auf den Tisch zu, drückte auf einen Videoknopf und der Film startete. Es war kein gekauftes Material, das sah er sofort. Für so etwas hatte er einen Blick. Es handelte sich um Aufnahmen aus dem Nebenraum.

Ein junger Mann, bildhübsch mit blonden Haaren hing am Kreuz, die Beine weit von sich gespreizt, der nackte durchtrainierte Körper, bereits mit Striemen überzogen, hing mehr als dass er noch stand. Ein weiterer junger gutaussehender Mann betrat den Raum und ging auf den gekreuzigten zu. Auch er war nackt. Er kniete sich vor den anderen und begann dessen Schwanz in den Mund zu nehmen und zu blasen. Der am Kreuz gefesselte stöhnte auf und warf seinen Kopf zurück. Man konnte nicht wissen tat er dieses aus Schmerz oder aus Wollust oder aus Beidem. Dem Knieenden hatte man mit Handschellen die Arme auf den Rücken gefesselt. Jetzt kam noch ein Dritter dazu. Dieser trug ein schwarze Kapuze sonst war auch er nackt. Er stellte sich seitlich neben die beiden und schlug mit einer Peitsche auf den Knieenden ein. Dieser stöhnte auf und wandte den Kopf zu dem dicklichen kleinen Mann. Dieser hielt ihm nun seinen Schwanz entgegen mit der Aufforderung ihm einen zu blasen bis er kommt, war zu vernehmen.

Bethmann stand da, konnte nicht genug von diesen Bildern bekommen und wäre liebend gerne dabei gewesen. Sado ist geil. Er bemerkte es auch an der unbändigen Erektion die er hatte. Er musste so schnell als möglich hier raus, bevor die anderen kamen und es bemerkten.

Er öffnete die Türe und rief nach Müller und den anderen. Er sagte sie sollen in den kleinen Raum gehen und sich das mal ansehen. Er selbst will mal an die frische Luft, er hätte es bitter nötig.

Gleich darauf verschwand er die Treppen hinauf ins Erdgeschoss. Dort blieb er kurz stehen, verharrte einen kurzen Moment um sich zu sammeln, dann ging er weiter in den Flur und suchte eine Toilette. Rasch wurde er fündig, öffnete, trat ein, versperrte die Türe wieder und öffnete seine Hose. Der steife Schwanz sprang ihm förmlich in die Hand. Er lehnte sich gegen die Wand, schloss die Augen und begann sich zu wichsen. Das tat gut. Er stellte sich vor dass Michael an dem Kreuz hing und er seinen Schwanz blasen und die Eier in den Mund saugen konnte. Bei diesem Gedankenbild kam es ihm auch sofort. Er war nicht darauf gefasst und seine Ladung lief an der gegenüberliegenden Wand herab. Mit dem Kopf lehnte er sich eben an diese Wand, zog seine Vorhaut noch einige Male hin und her, kam langsam wieder zu Luft und als er seine Augen öffnete stellte er fest dass eine ganze Menge Sperma auf die Schuhe und die Hose getropft war. Er leckte sich sein Sperma von den Fingern ab, verpackte seinen Schwanz wieder in der Hose und säuberte mit dem Tempotuch seine Schuhe und die Wand und so gut es ging die Hose.

Er verharrte noch kurz, öffnete dann die Türe und trat hinaus. Er stieg wieder hinab zu den anderen und fand diese immer noch die Videos schauend im Kämmerlein. Als er eintrat blickten die anderen ihn an und Müller meinte nur dass einen das ganz schön zusetzen kann. Kein Wunder wenn man sich dabei übergeben muss.

Wenn der wüsste was ich ausgekotzt habe, der würde vom Glauben abfallen dachte Bethmann.

„Wir brauchen gar nicht lange mehr suchen, hier haben wir alles Material das wir benötigen" meinte Müller.

„Wir haben hier auch einen Film auf dem der Peer drauf ist. Da hat er allerdings noch gelebt. Bei den anderen weiß man das nicht so genau. Der eine da hing am Kreuz wie tot. Kann aber auch nur Erschöpfung gewesen sein. Insgesamt haben wir drei weitere Kapuzenmänner identifizieren können, na ja, wenigsten die Vornamen haben wir. Aber das dürfte uns ja weiterhelfen. Ich gehe davon aus dass es Bekannte vom Richter sind. Fremde wird er sich nicht ins Boot geholt haben, hoffe ich wenigsten."

„Ja Herr Müller, das ist wahrlich eine Fundgrube" sagte Bethmann darauf.

„ Weiß nur noch nicht wie wir da weiter vorgehen sollen. Ich will nicht einfach so ins Gerichtsgebäude einmarschieren und verkünden dass der verstorbene ehrenwerte Richter eine gemeine Drecksau, ein Verbrecher, ja vielleicht sogar ein Mörder ist. Die da drin lynchen mich, und solange wir nicht wissen wer die anderen drei sind, bitte ich sie noch um etwas Stillschweigen. Ich hoffe nur die im Präsidium haben noch nicht mitbekommen dass ich die Spurensicherung angefordert habe ohne die Kripo zu verständigen. Na ja, wenn es Ärger gibt, dann muss ich da halt auch durch. Hab schon schlimmeres geschafft."

„Abgemacht. Für heute glaube ich reicht`s erst mal, wäre schön wenn sie uns noch in die Pension bringen könnten und morgen versuchen wir mal rauszubekommen wer die anderen Spielgenossen sind."

„Meine Herren, Herr Simmerl wird sie zur Pension bringen und auch morgen um neun Uhr wieder abholen. Also dann eine angenehme Nacht."

„Sie fahren nicht mit, wohnen sie wohl auch in Starnberg?"

„Nein leider."

„Der wohnt in München Grunwald, is des gleiche in grün" konterte Simmerl, „a ner für de Großkopfertn".

„Etzt aber los meine Herrn."

Als der Wagen aus der Sichtweite verschwunden ist ging Bethmann zurück in die Villa. In aller Ruhe wollte er diese nun alleine durchsuchen. Zeit genug hatte er ja. Er zog seine mitgebrachten Gummihandschuhe an und begab sich erstmals ins Arbeitszimmer. Er setzte sich an den Schreibtisch und überblickte diesen. Kein PC war zu sehen, kein Notebook oder ähnliches. Er wusste dass die alte Garde diese Mittel verabscheute. Für ihn konnte das nur gut sein, denn dann gab es bestimmt jede Menge schriftliche Aufzeichnungen. Und er hatte recht. Es gab da jede Menge. Meistens aber persönliches, das nichts aussagte. Schub für Schub durchforstete er. Im vorletzten fand er eine Geldkassette die nicht versperrt war, der Schlüssel steckte sogar noch daran. Bethmann nahm sie, stellte sie auf den Schreibtisch und öffnete sie. Es waren einige tausend Euro darin und ein Quittungsblock. Bethmann pfiff durch die Zähne. „Das ist ne Menge Schotter" dachte er. Er öffnete den Quittungsblock, aber es waren keine Ausgaben für Stricher zu erkennen, sondern nur Einnahmen für geschossenes Wild, Kaufbelege der hiesigen Gastwirtschaft und die Pachteinnahmen für die Jagdgebiete in den nahegelegenen Alpen.

„Ist der Alte nicht bei einem Jagdunfall ums Leben gekommen"
dachte er. „Vielleicht doch kein Unfall, vielleicht ein gewollter
Unfall? Werden wir noch sehen" dachte er.

Nochmals blätterte er die Quittungen durch. Er stößt auf den
Namen Herbert Hufnagl, den Vornamen den er bereits von den
Videos kannte. Na also, den ersten hätten wir ja. Er blättert weiter,
Dr. Gottlieb Zander und auch der dritte Markus Haid. Dazu noch
Ewald Meister und ein Dieter Maier. Alle hatten über fünfhundert
Euro für das gleiche Jagdgebiet bezahlt.

„Also Freunde, fünf Freunde", dachte er, „mindestens drei davon
Schweine, vielleicht auch alle."

Er machte sich Notizen, legte den Block wieder in die Kassette
zurück und lies sie im Schreibtisch verschwinden.

Er stand auf und begann sich weiter umzusehen. So eine
Persönlichkeit hebt wichtige Dinge in einem Safe auf. Wo könnte
der sein. Wahrscheinlich wie in Ganghoferfilmen üblich hinter
einem Gebirgsbild. Da hing tatsächlich eines an der Wand. Die
Kapelle in der Ramsau. Ein weltbekanntes Gemälde. Mal sehen ob
sie einen Schatz verbirgt. Er ging zum Bild, hob es an und schon
kam auch der Geldschrank zum Vorschein. Ein ganz normaler alter
Safe, nicht verschlüsselt, sondern mit einem Schlüssel.

„Wo ist denn der Schlüssel" sang Bethmann vor sich hin. Natürlich
dort wo ihn auch mein alter Herr zu verstecken pflegte, unterm
Schreibtischschub. Mit gezieltem Griff förderte er den Schlüssel
hervor, ging zum Safe, steckte ihn rein, drehte um und zog die Türe
auf. Stapelweise Papiere, er nahm sie heraus und da, da waren sie
alle, die Fotos mit den Adressen der jungen Männer.
Telefonnummern und Bankverbindungen.

„Volltreffer" schrie er förmlich in den leeren Raum. Jetzt noch al es überprüfen lassen und dann konnte man die Sippschaft hochgehen lassen.

„Aber warum wurde Peer getötet. Es war doch sein leiblicher Enkel. Warum. Es gab keinen Grund. Man wird noch sehen" dachte er.

Er verstaute alles wieder im Safe und zufrieden verließ er das Haus, ging langsam den Weg zur S-Bahn und fuhr mit der nächsten zurück nach München.

Im Zug dachte er wieder an Michael. „Warum nur verliebte er sich in den blöden Schnösel aus Lübeck? Warum? Das war doch der Liebhaber vom Peer. Vielleicht weiß der doch mehr als er sagt. Bestimmt sogar, dann wird er ihn entlarven und bekommt seinen Michael zurück."

Dieser Gedanke befriedigte ihn und er genoss den Rest des Abends auf seinem Sofa bei einem Glas gutem Rotwein.

Michael spürte erstmals wie zärtlich Lutz ist. Jede Pore seiner Haut wurde von den Küssen bedeckt. Ein Schauer nach dem anderen lief ihm über den Rücken. Seine Haut war eiskalt obwohl er vor Hitze fast verbrannte. Das Blut pochte in seinen Adern, langsam schob er sich vom Sofa und unter Lutz hinweg. Er sah und spürte den riesigen Schwanz und die prall gefüllten Eier. Schon war sein Kopf zwischen den Beinen von Lutz und sein Mund begann gierig am Schwanz zu saugen. Mit beiden Händen griff er sich die Hinterbacken von Lutz, zog diese auseinander und schob dabei einen Finger ganz leicht in das Loch. Lutz stöhnte auf, schloss die Augen und glitt auf einer Welle der Wollust dahin. Beide gaben sich dem Liebesspiel hin, zündeten die Rakete und flogen gemeinsam zu den Sternen.

„Ich wusste gar nicht wie zärtlich ein Mann sein kann" sagte Michael und streichelte die Brust seines Liebhabers.

„So habe ich Sex noch nie erlebt" meinte er, „das war nicht nur geil, das war, ich find keinen Ausdruck."

„Lass es sein, genieße mit mir zusammen die Stunden die uns das Leben schenkt. Bleib bei mir, ich habe mich total in dich verliebt. Mit dir könnte ich einen Neuanfang starten. Du gibst mir die Kraft dazu, jedes Mal wenn ich in deine Auge sehe, sehe ich Sonnenaufgang und Sonnenuntergang gleichzeitig. Wenn ich so neben dir liege, bin ich in einer anderen Welt. In einer Welt der Harmonie. Michael bitte sag dass du bei mir bleibst, ich glaube ich könnte es nicht ertragen dich zu verlieren."

Dieser setzte sich neben Lutz auf den Teppich. Beugte seinen Kopf hinab, berührte mit seinen Lippen den Mund von Lutz, lies die Zunge ganz leicht hinein gleiten und nuschelte „ja ich liebe dich auch sehr, ich habe dich gesucht und gefunden, ich gebe dich nicht wieder her."

Lutz zog ihn zu sich herab, küsste ihn leidenschaftlich und beide gaben sich nochmals ihren Gefühlen hin.

Da wo sie gerade lagen schliefen sie ein. Sie erwachten spät am Nachmittag und beide stellten fest dass sie eigentlich der Hunger und der Durst geweckt hatte.

„Ich hätte Lust eine Pizza und ein Glas Wein, was meinst du Lutz, wollen wir was essen gehen?"

„Keine schlechte Idee, komm springen wir kurz unter die Dusche, aber wirklich nur duschen, und dann fahren wir nach Travemünde, da kenn ich einen ganz guten Italiener."

„Muss ich etwa eifersüchtig sein."

„Du spinnst, mit Italiener meine ich das Lokal und nicht Giggo."

„Weiß ich doch, lass mich frozeln."

„Dir versohle ich den Hintern, aber los komm duschen."

Während des Essens erzählte Michael die ganze Geschichte zwischen ihm und Onkel Franz. Von der ersten Liebe, von der Enttäuschung und dann von der Trauer um ihn nach dessen Tod.

„Michael du hast alles richtig gemacht."

Lutz erzählte nun ebenfalls in von der Beziehung zu Peer, den Schock über dessen tragischen Tod und die Schmerzen die er dadurch hatte. Und auch von den Ereignissen danach, die Peer in ganz neuem Licht erscheinen ließen. Von der Demütigung durch sein Fremdgehen, und die Verletzung seiner Gefühle, und der Erkenntnis, ihn eigentlich nie gekannt zu haben.

„Aber ich weiß auch eines, Franz und Peer haben uns zusammengeführt, und das nenne ich Schicksal."

Er fasste die Hand von Michael über den Tisch, sah ihm in die Augen und dabei überkam ihn so ein starkes Gefühl, ein Verlangen einfach nach mehr. Zärtlich streichelte er Michaels Handrücken und musste dabei seinen Blick abwenden denn Tränen schossen ihm in die Augen.

„Lutz, ich liebe dich und ich werde bei dir bleiben. Egal wo wir leben werden, es ist mir so egal, Hauptsache ist wir bleiben zusammen, jede Minute ohne dir ist eine verlorene Minute."

„Michael, das was ich im Moment empfinde, habe ich noch nie erlebt, ich möchte dass es nie aufhört. Komm lass uns zahlen und gehen, ich möchte mit dir alleine sein, Musik hören und kuscheln, dich spüren und festhalten und nicht mehr loslassen."

Schon früh am Morgen fuhr der Oberstaatsanwalt mit seinem Auto nach Starnberg. Dort konnte er feststellen dass die Spurensicherung bereits die Arbeit aufgenommen hat. Er begrüßte einige der in weiße Papieroveralls gekleideten Männer, gab noch einige Anweisungen und wartete dann draußen auf Kommissar Simmerl und die Ermittler aus dem Norden.

Endlich kamen sie.

„Simmerl gehst du bitte rein und hilfst da drin mit, und vor allem mach dir ein paar Aufzeichnungen damit wir im Präsidium dann den Bericht schreiben können. Ich hab dich nämlich als offiziellen Ermittler der Mordkommission München angegeben, damit nicht noch andere hier mit rumschnüffeln."

„Ja, wieso mir, des mach doch eh wieder ich aloan."

„Na meine Herren, gut geschlafen?"

„Ja wie Steine, denn das war gestern doch ganz schön anstrengend, der Flug, München und dann noch hier" entgegnete Müller, „die haben ja schon angefangen."

„Ja sind halt fleißig. Aber ich hab ihnen beiden eine ganze Menge zu berichten. Kommen sie mit. Wir gehen rein zu Simmerl, denn sonst muss ich ja alles zweimal erklären. Ich bin gestern noch nicht gleich nach München zurück, sondern nochmals in die Villa gegangen. Ließ mir einfach keine Ruhe. Hab dann mal das Arbeitszimmer des Richters durchgesehen. Und da hab ich dann auch jede Menge Material gefunden."

„Ich dachte mir schon dass sie nochmals rein sind Herr Staatsanwalt" sagte Sauerbier.

„Und was haben sie da so ausgegraben?" wollte Müller wissen.

Bethmann winkte Simmerl zu sich und begann dann den drei Herren seine Erkenntnisse zu übermitteln.

„Des is ja krass" meinte Simmerl nur.

„Alle Achtung Herr Bethmann" zollte Müller Respekt, dann können wir ja eigentlich mal versuchen so schnell als möglich herauszufinden wer die drei Komplizen sind."

„Hab ich heute Morgen schon im Präsidium veranlasst. Alle drei werden im Laufe des Vormittags aufgesucht, und werden dann heute Nachmittag um zwei Uhr einen Termin mit uns dreien haben. Dann werden wir denen mal auf den Zahn fühlen und versuchen rauszubekommen was da so alles gelaufen ist."

„Bin ich froh dass das so schnell geklärt werden kann. Aber für mich ist natürlich wichtig zu erfahren warum Peer auf eine so grausame Weise umgebracht wurde."

„Ja Herr Müller, ich bin sehr zuversichtlich dass wir das in Kürze auch erfahren. Hier in diesem Haus scheint nämlich irgendwie die Zentrale zu sein, und alle Fäden laufen hier zusammen. Lassen sie uns noch gemeinsam etwas mithelfen und nach dem Mittagessen werden wir die drei Herren in der hiesigen Polizeidienststelle mal hernehmen."

Beim Mittagessen haben die vier dann die Strategie festgelegt mit der man bei den drei Verdächtigen punkten wollte.

„Ich glaube es ist besser wenn alle drei sehen dass sie gleichzeitig verhört werden, denn dann sind sie sich nicht sicher ob nicht irgendwer was falsches sagt" schlug Müller vor.

„Diese Strategie habe ich mir auch vorgestellt. Simmerl übernimmt mit mir den Herbert Hufnagl. Der soll laut dem Protokoll hier Apotheker sein. Ich würde vorschlagen dass sie die beiden anderen Herren übernehmen. Dieser Dr. Gottlieb Zander ist Chirurg, wie hier zu lesen ist, ein bedeutender Schönheitschirurg sogar. Also Vorsicht, der könnte gleich mit seinem Anwalt drohen, und der dritte dieser Markus Haid ist laut Protokoll ohne Beruf. Na wir werden da schon noch was erfahren."

„Eines muss man euch hier in Bayern ja lassen, kochen könnt ihr, und das Essen hier ist ja vorzüglich" steuerte Sauerbier bei, „nur bei dem Bier in diesem komischen Glas muss ich vorsichtig sein, das steig zu Kopf."

„Des is a Weizen, verstehst, des is koa Bier."

Alle lachten, wollten zahlen und machten sich auf den Weg zur Polizeidienststelle.

In der Dienststelle herrschte echt bayerische Gelassenheit. Keine Hektik, kein Stress. Der Diensthabende unterhielt sich mit Herrn Hufnagl, dem Apotheker über das letzte Bundesligaspiel der Bayern, man könnte meinen hier gehen die Uhren doch etwas anders.

Als die Drei das Dienstzimmer betraten, wurden sie mit einem „na da seitd`s ja endlich" begrüßt. Der diensthabende Polizist stellte dann den Apotheker vor. Gelassen hob der die Hand zum Gruß.

„Oh mit vereinten Kräften ziehen sie hier ein. Hoffentlich kann ich ihnen auch wirklich helfen. Ich war leider nicht dabei als Franz den Unfall am Berg hatte. Na ja, der ist ja immer schon gerne schnell gefahren."

„Darum geht's eigentlich auch gar nicht" entgegnete Bethmann und setzte ein zynisches Lächeln auf.

„Sind die anderen auch schon da?" fragte er den Diensthabenden.

„Nein, aber eigentlich sollten die schon da sein."

„Vielleicht könnten sie ja dafür sorgen dass die beiden Herren hier aufkreuzen, und zwar etwas plötzlich, da ich sonst gehalten bin einen Haftbefehl auszustellen um sie hierher zu beordern."

Der Polizist erhob sich von seiner gemütlichen Platzierung am Tresen, machte ein verdutztes Gesicht und fragte nach „Haftbefehl".

„Ja, Haftbefehl, sie haben richtig gehört. Und nun etwas hurtiger als sonst, die Zeiten vom königlich Bayerischen sind vorbei." Auch Herr Hufnagel horchte auf, „wieso Haftbefehl? Was liegt gegen die denn vor? Und gilt das etwa auch für mich?"

„Das werden wir nach der Vernehmung sehen. Bitte folgen sie doch meinem Kollegen dem Kommissar Simmerl ins Vernehmungszimmer. Ich komme dann gleich nach."

„Auf geht´s" meinte Simmerl und schob den Hufnagl vor sich her.

„Wo können wir die beiden anderen Herren ungestört vernehmen? Wollte Bethmann wissen.

„Wir haben noch den Aufenthaltsraum und die Ausnüchterungszelle."

„Das schickt sich gut an" schaltete sich Müller ein. Das ist gleich der richtige Rahmen."

Und da öffnete sich auch schon die Türe, und die beiden anderen Herren betraten lachend die Polizeidienststelle.

„Was liegt an" fragte Dr. Zander und zwinkerte Markus Haid zu.

„Ach das werden sie gleich erfahren. Das hier ist lediglich im Moment eine Vernehmung meine Herren, noch kein Verhör. Sollten sie es jedoch vorziehen einen Anwalt zuzuziehen, dann kann ich das verstehen, dann rufen sie gleich einen an, denn dann wird aus der Vernehmung eine Anschuldigung" setzte der Staatsanwalt einen oben drauf.

Die Miene der Beiden verfinsterte sich zusehends, um die Mundwinkel von Dr. Zander begann es zu zucken.

„Was bitte haben wir angestellt. Wir dachten wir sollten zum Unfall von Franz vernommen werden, und jetzt eine Anschuldigung. Für oder zu was?"

„Wie kommen sie nur darauf dass sie zum Unfall des Herrn v. Langkowski vernommen werden sollen. Das hat doch niemand erwähnt oder?"

„Na ja, nein, aber wir haben halt das gedacht, weil mir ja sonst nichts angestellt haben" sagte Haid.

„Ja was ist jetzt, mit Anwalt oder ohne?" fragte Bethmann nochmals.

„Also ich brauch keinen" meldete sich Herr Haid, „und ich auch nicht, nicht", fügte der Chirurg hinzu.

Unaufgefordert folgten sie den beiden Kommissaren aus dem Norden.

Simmerl hatte bereits die Personalien des Apothekers aufgenommen als der Oberstaatsanwalt den Raum betrat.

„So Herr Hufnagl, können sie sich vorstellen warum wir sie hier vernehmen wollen?"

„Nein, eigentlich nicht, aber sie können´s mir bestimmt sagen, oder?"

„Sie waren doch ein enger Freund des verstorbenen Richters, und haben außer der Jagd doch auch noch andere Hobbys mit ihm geteilt."

„Ja freilich, wir waren regelmäßig zum Golf verabredet."

„Und sonst haben sie nichts unternommen?"

„Ja wir sind auch schon zum Essen oder auch mal nach München rein, um was zu erleben."

„Was wollten sie denn erleben?"

„Na ja, was man halt in unserem Alter noch so erleben kann, wenn`s mich verstehen."

„Nein, verstehen kann ich sie nicht, aber denken kann ich mir so einiges, und auch zusammenreimen."

„Auf was wollen sie denn raus, das was wir gemacht haben ist doch nicht strafbar."

„Das glauben sie." Bethmann kramte in seiner Tasche, zog dann einen Umschlag heraus, öffnete ihn, und legte einfach zwei Bilder vom Tatort vor den Herrn Hufnagl.

Alles Blut wich dem aus dem Gesicht, auf der faltigen Stirn bildeten sich die ersten Schweißtropfen und er verlangte nach einem Glas Wasser.

Simmerl stand auf, verließ den Raum um Wasser zu holen. Der Staatsanwalt nahm auf dessen Stuhl Platz, tippte mit den langen Fingern auf das Foto „und was fällt ihnen nun dazu ein? Vorab, wir haben noch mehr Fotos, wir haben Videos und Stimmen aus dem Aufnahmeraum der Villa ihres Freundes."

Zwischenzeitlich ging Simmerl wie vorher verabredet zu den anderen in die Vernehmungszimmer und teilte mit, dass sie die Vernehmung beenden könnten, da der Apotheker bereits gestanden habe.

In beiden Fällen konnten die Beschuldigten gar nicht fassen was da geschehen ist.

Dr. Zander wollte wissen was Hufnagl gestanden habe. Müller eröffnete daraufhin die Anschuldigung in allen Teilen.

„Herr Dr. Zander, ich muss sie über ihre Rechte belehren."

„Das können sie sich sparen, ich will auch reinen Tisch machen."

Daraufhin erzählte er in allen Einzelheiten was sich in der Sauna des Richters abgespielt hat.

Als Simmer wieder den Vernehmungsraum betrat, machte er den Staatsanwalt darauf aufmerksam, dass die beiden anderen Herren bereits gestanden haben.

„Was haben die denn gestanden? Da gibt´s doch nichts zu gestehen. Die haben doch alles freiwillig gemacht. Die haben einen Haufen Geld dafür kassiert, und Spaß hat´s ihnen obendrein gemacht. Das waren doch alles richtige Perverslinge."

„Na und sie wohl nicht."

„Ja, schon, aber strafbar ist das doch nicht, oder?"

„Woher kamen denn die jungen Männer?"

„Ja die meisten kamen aus München, Frankfurt und Hamburg. Überwiegend Studenten."

„Und wie sind sie an die rangekommen?"

Im Internet gibt´s da so eine Plattform. Da kannst du die bei einem Begleitservice buchen. Für diese Art von Begleitung aber sehr teuer. Und dann nach einigen Buchungen stand auch der Neffe vom Richter auf der Matte. Später haben wir dann erfahren dass er an dieser Firma beteiligt ist bzw. war, er ist ja auch tot. Aber den haben wir nicht auf dem Gewissen. Wir haben nur den Spaß an und mit den Jungs gehabt. Manche mussten tot spielen, vor allem für Markus, der steht drauf, am liebsten Sex mit einem Toten. Aber wir haben alles ordentlich aufgeschrieben, da wir der Firma nicht so recht getraut haben. Sie können die Unterlagen von mir haben, und bei allen Jungs nachfragen, wir haben ihnen nichts getan, was nicht vereinbart war. OK, ab und zu vielleicht etwas heftiger, aber dafür gab´s Zulage. Irgendwann hat uns dann Peer angeboten selbst Jungs zu beschaffen, noch jünger als die Studenten, die waren ja meistens so Mitte Zwanzig. Peer besorgte uns welche unter zwanzig. Das war natürlich noch besser. Peer hat dann mal erwähnt, dass er einige Zeit untertauchen muss da die alte Firma ihm auf die Schliche gekommen ist. Dann haben wir auch nichts mehr von ihm gehört, wir machten uns keine Sorgen, denn er hat uns ja informiert, dass er untertaucht."

„Und das ist alles? Ich möchte mir noch heute die Unterlagen bei ihnen abholen. Vor allem aber auch die Unterlagen über die Firma."

„Das können sie gerne alles haben. Aber ob die Firma noch besteht kann ich ihnen auch nicht sagen. Die Internetplattform ist verschwunden, na ja, passiert ja immer wieder."

„Wo hat die Firma ihren Sitz, wo haben sie geordert?"

„Geordert nur mittels Mail im Internet. Das war eine Adresse auf den Cayman-Inseln."

„Ach die lieber Gott, das auch noch, da erwischen wir ja niemanden."

„Sie können jetzt gehen Herr Hufnagl, aber sie müssen sich weiterhin zur Verfügung halten. Wir werden das jetzt alles überprüfen. Strafrechtlich scheint das bisher alles in Ordnung zu sein, die moralische Seite habe ich nicht zu prüfen."

Ja meine Herren, dann dürfte das wohl auch geklärt sein. Es gibt zumindest hier keine zusätzlichen Morde, so wie es aussieht. Meine Leute werden noch die einzelnen Studenten befragen. Für sie ist aber der Mord an Peer ja wohl noch offen."

„Ja Herr Staatsanwalt, dem ist wohl so. Und wenn das mit dem Begleitservice sich tatsächlich so verhält wie die Herren ja übereinstimmend gesagt haben, können wir den Fall wohl ablegen. Aber ganz wohl ist mir bei der Sache nicht. Warum hat man ihn auf diese Weise umgebracht. Warum hat man seinen Penis abgeschnitten und in seinen Mund gestopft. Alles noch offene Fragen, die aber wahrscheinlich niemals geklärt werden, wenn nicht Kommissar Zufall mithilft."

„Ich werde sie auf dem Laufenden halten bezüglich der Studenten, vielleicht kommt doch noch was raus. Meine Meinung ist aber dass Peer von irgendwelchen Typen beseitigt wurde nachdem er in die eigene Tasche gewirtschaftet hat. Das war ja auch einträglicher als nur die Beteiligung. Fahren sie gleich wieder zurück nach Lübeck oder bleiben sie noch ein Nacht, denn dann könnte ich ihnen ja noch München zeigen und sie beide gerne zu einem Essen einladen."

„Dieses Angebot nehmen wir doch gerne an, offiziell warten wir dann eben die Befragung der Studenten noch ab."

„Also meine Herren, steigen sie ein und genießen sie."

Am nächsten Morgen wählte Michael die Nummer von Oberstaatsanwalt Bethmann in München.

Nach längerem Läuten meldete sich Bethmann und fragte ganz überrascht „bist du das wirklich Michael?"

„Ja, und ich wollte dir eigentlich auch nur ganz schnell sagen dass ich noch meinen restlichen Urlaub hier verbringen möchte."

Dem Oberstaatsanwalt blieb die Luft weg. Seine Hand begann leicht zu zittern, und er merkte wie sich eine Schlinge um sein Herz zog.

„Warum um Gottes Willen willst du da Oben bleiben? Hier ist deine Arbeit. Wir haben den Fall nicht lösen können. Auch die Kommissare Müller und Sauerbier rätseln weiter an dem Tod von Peer. Zumindest wissen wir jetzt was Onkel Franz so alles getrieben hat. Wenn es dich noch interessieren sollte, dann beweg deinen Arsch in Richtung München. Und den Resturlaub kannst du nehmen wenn dieser Fall hier endgültig abgeschlossen ist."

Er redete sich regelrecht in Rage.

„Was hat dieser Pferdezüchter was ich nicht habe? OK, vielleicht ist sein Schwanz größer als meiner, vielleicht auch seine Eier praller, aber er kann dir doch nicht das bieten was ich dir alles geben kann. Ich hab bereits veranlasst dass du ab sofort deine eigenen Fälle bekommst. Mit mir fällst du die Treppe hinauf und stürzt nicht in die Gosse wie mit diesem Baron oder ist er Fürst? Hallo, hallo bist du noch dran?"

Erst jetzt begriff er dass er zu weit gegangen war. Michael hatte bereits aufgelegt.

Michael stand wie ein Häufchen Elend am Tisch, sein Blick ging hinaus auf die Ostsee, Tränen standen in den Augen.

Lutz bekam das alles mit, ging auf ihn zu, nahm ihn in die Arme, streichelte über das weiche Haar, zog seinen Kopf zu sich herab und küsste ihn auf die Stirn.

„Komm mein Schatz leg dich aufs Sofa und erzähl mir was los ist. Mit wem hast du gesprochen und was ist passiert."

Langsam erholte sich Michael, lehnte seinen Kopf an die Schulter von Lutz und wollte nur festgehalten werden.

„Ich hab mit meinem Vorgesetzten gesprochen. Wollte meinen Resturlaub noch nehmen. Den hat er mir verweigert. Ich muss zurück nach München. Sie konnten scheinbar den Mord an Peer doch nicht auflösen, aber haben dabei etliches über Franz herausbekommen, was genau hat er mir nicht gesagt, das erfahre ich erst in München."

„Und das ist alles? Kann doch nicht sein oder? Warum bist du so fertig dass du weinen musst?"

Michael schaute Lutz an und erzählte alles von Bethmann und ihm, auch die letzten Worte am Telefon.

„Ich weiß auch dass ich nach München zurück muss, ich kann nicht alles hinwerfen, obgleich ich das gerne täte, aber dann wäre mein

Studium umsonst, niemand würde mich mehr nehmen, nicht einmal als Anwalt wäre ich noch zu gebrauchen. Nein, ich werde nach München zurückgehen und sofort ein Versetzungsgesuch schreiben. Wohin ich komme, kann ich dir nicht sagen, nur einfach in den Norden, einfach zu dir."

„Halt mein Schatz. Es ist ja sehr schön und ehrt mich was du da so vorhast. Aber du hast es eben richtig gesagt, es wäre alles Umsonst. Und was soll ich hier machen, jeden Tag auf dich warten bist du aus dem Büro kommst und nach langer Fahrt vielleicht ein Wochenende mit mir verbringen kannst? Nein, es ist besser du bleibst in München, machst deinen Weg, auch ohne deinem Herrn Bethmann. Und ich, ich komme zu dir. Ich wollte doch diese Wohnung in Salzburg ausbauen, jetzt hab ich eine andere Idee. Ich versuch was im Voralpenland zu finden, einen kleinen Bauernhof den ich eventuell als Pferdehof ausbauen könnte. Dann hätte ich auch wieder eine Beschäftigung und wir wären zusammen. Hier kann ich nicht zurück aus Gut und will es auch nicht."

„Und das würdest du für mich machen?"

„Hör mal Kleiner, ich liebe dich, das ist was anderes als ein One-Night-Stand."

Michael musste lachen, küsste seinen Lutz und zog ihn zu sich.

„Warum lerne ich dich erst jetzt kennen, du bist meine Heimat mein zuhause und mit dir möchte ich die Zukunft planen."

„Was hältst du davon wenn wir mit dem planen gleich beginnen, und zwar die Planung wie wir in einem Ehebett schlafen."

„Ja das ist eine gute Idee. Aber dann musst du mich auch über die Schwelle ins Schlafzimmer tragen."

„Und immer wenn ich Sehnsucht nach der See habe fahren wir hierher."

„Ja Lutz und ich möchte mehr von dir, ich will dich ganz, am liebsten als meinen Ehemann."

„Ich hätte damit kein Problem" sagte Lutz.

-Ende-